나는
미니멀
유목민
입니다

여행 가방 하나에 담은 미니멀 라이프

나는
미니멀
유목민
입니다

박건우 지음

MINIMALIST

물건이 아니라 경험에 돈을 쓰며 삶이 자유로워졌다!

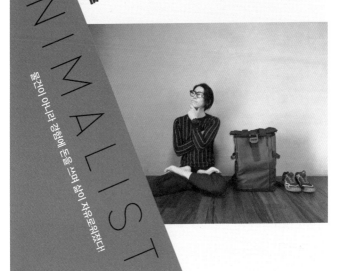

'나를 믿는 것'이
내 노후 대비다

대한민국 1인당 GDP(국내총생산, 2022년 기준 약 3만 5천 달러) 이
히의 금액으로 매년 '장기 여행'을 떠나는 유목 생활. 여기서
말하는 장기長期란 4개월 이상이다. 이런 생활을 해왔다고 하
면 혹자는 이렇게 말할 것이다.

"저 수입으로 가능한 소린가?"

코로나 팬데믹 전에는 당연히 가능했다. 그것도 한 사람
더해 둘이서! 2020년 초까지는 10개국 이상을 여행하던 해
도 더러 있었다. 유목 자금 비축 방법은 매우 단순하다. 경제
활동을 건강을 해치지 않을 정도로만 하며, 물건을 최소한으
로 필요한 만큼만 소유하면 돈이 자동으로 모인다. 요약하여

'필요 최소주의'로 살면 된다.

미니멀리즘Minimalism ; '필요 최소주의'에 걸맞은 외래어

나는 '미니멀리즘'을 삶 전체에 접목한 '미니멀 라이프Minimal Life'를 실천하고 있다. 물건도 인간관계도 경제 활동도 필요 이상으로 욕심내지 않는다. 그 덕에 '생에 한 번 찾아올까?' 싶었던 이상적인 삶(일거리와 커피가 있고, 자유가 보장된 주도적인 삶)이 제 발로 찾아왔다.

보통 삶의 터전에는 없어도 그만인 물건과 있어도 안 쓰는 물건이 가득하다. 수입의 일부는 없어도 그만인 물건을 사는 데 쓰고, 또 일부는 물건을 수납·유지하는 물건을 사는 데 쓴다. '필요 최소주의 미니멀리즘'은 이런 소비를 멀리하고 충동 소비 욕구를 억제한다. 당장 없으면 곤란한 물건만 소비 피라미드의 상단에 둔다. 물티슈나 면봉 같은 건 가장 하단에 둔다. 이런 것은 하루 이틀 없다고 곤란하지 않기 때문이다. 미니멀리스트가 충동 구매를 했다면 단지 구매 시기를 앞당겼을 뿐이지 즉흥성은 없다고 봐도 무방하다.

미니멀리스트는 자신의 소비를 전자회로처럼 관리할 수 있다. 이것이 자유를 누리고도 굶지 않는 방법이다. 단, 나만

의 필요 최소주의 한계를 알려면 정말 많이 비워 봐야 한다. 대개는 며칠 몇 달을 비워도 물건이 차고 넘치니, 과감히 비워도 된다. 처분하는 괴로움에 익숙해지면 곁에 두어야 할 물건을 자연스럽게 알게 된다. 의외로 '비우는 일'을 견디는 것이 늘 독하지는 않다. 끝까지 가지 않아도 달콤한 선물이 생긴다. 그건 바로 '자존감 상승'이다. 자수성가의 성공 신화나 역대 명언, 고대 철학, 종교 경전으로도 부족했던 자존감이 단지 물건을 비웠을 뿐인데 올라간다. 공간 안에서 물건이 적으면 적을수록 '내'가 강조되는 단순한 원리다.

미니멀리스트. 그들의 언행에는 공통적인 확신이 있다. 물건을 줄인다고 해서 공황장애, 우울증, 주의력 결핍 등이 없어지지는 않지만 애정 결핍, 시기심, 열등감 등의 부정적인 감정을 자존감으로 밀어낼 수는 있다는 확신이다.

요즘은 알몸으로 태어난 그대로, 아니 그 정도에 가깝게 살아가는 사람도 거의 없다. 초음파로 심장 박동이 확인되는 순간부터 '내 물건'을 소유한다. 처음 소유하는 물건은 작지만 성장하면서 물건은 커지고 쌓인다. 성인이 되면 '내 물건'을 고르는 기준이 더 불확실하다. 성공을 포장하고 박탈감을 부추기는 마케팅과 곧 꺼질 거품 같은 유행이 개인의 성향을 마비시켜서 그렇다. 미니멀리즘은 이러한 마비를 푸는 해독

역할을 한다. 즉, 태어날 때처럼 순수한 '나'로 돌아오는 여정이다. 이 여정에는 학력이나 재력, 명예도 영향력이 없다. 주식처럼 놓쳐버린 전성기 또한 없다. 미니멀리즘은 시작부터가 눈부신 전성기다.

노련한 마케터에게도 미니멀리스트는 설득할 수 없는 소비자다. 내가 미니멀리스트의 반대편에 서도 그들의 자아도취는 무너뜨릴 수 없다. 미니멀리스트는 기준이 철벽같이 확고하고 기준대로만 지출하므로 자본주의가 놓은 소비 패턴의 덫에 걸려들지 않는다. 나 역시 마찬가지다. 감당하지 못할 지출을 저지르고 메우는 악순환이 없어졌다. 실로 여유 그 자체다. 적당한 경제 활동을 해나가는 이상 어지간한 핑계로도 돈이 없을 수 없다.

혹자는 말한다.

"여유를 즐기지 말고 노후를 대비하지."

나는 이렇게 답한다.

"인간사, 노후 대비에 정답이 있던가? 정답이 있다면 다들 왜 방황하고 후회하지?"

그리고 이런 말로 논쟁을 맺는다.

"내가 나를 믿는 것이 내 노후 대비다."

내가 미니멀리즘을 전하는 또 하나의 목적은 '평화'와 '환경 보호'다. 앞으로 싸움은 외계 침략자하고만 하고, 갈등은 드라마에서만 보자는 것이다. 오랜 세월을 겪은 농부, 어부의 추억을 들어보면 지금은 믿기 어려운 풍년 일색이다. 이런 이야기를 들으면 좀 억울하다. 어떤 이야기를 들어도 다 '그땐 그랬지'다. 내 그리 우리 강산을 돌아다녔어도 야생 호랑이 한 번을 못 봤다. 아날로그 시대의 막바지에 태어나는 바람에 자연과 친숙해질 기회도 적고, 이제는 자연을 벗 삼아 밤새 즐기고 싶어도 돈 없이는 접근조차 어렵다. 지금 세대는 경험할 수 없게 된 과거와 현재의 어떤 모습은 경제 원리에 따라 '파괴'해야 하는 것으로 구분되고 있다. 가축이 전염병에 걸리면 산 채로 묻고, 숨차게 뛰놀 아이들이 마스크를 한 채로 노는 건 효율성만으로 합리화하기에는 어딘지 씁쓸한 희생이다. 종교가 있다 한들 세상은 여전히 너무 어지럽다.

나는 이러한 세상의 장기적 호전과 마스크 없는 일상으로의 회복을 미니멀리즘에 걸었다. 그래서 오늘도 카메라 렌즈를 주시한다. 머리를 질끈 묶고 아무리 들어도 적응이 안 되는 음성으로 말한다.

"미니멀하기"

미니멀유목민 박 작가의
소비 피라미드

식량

교통비, 숙박비

통신비, 웹 저장 장치, 문화 생활

수익 창출 도구 교체, 낡은 의류 교체

기초 생필품 구매(칫솔, 휴지, 화장품 등)

CONTENTS

2장 　미니멀 라이프 실천법

내 수납장은 어깨끈이 달렸다.
내 옷장도 어깨끈이 달렸다.
바닥에 놓는 게 싫을 때는
의자에 걸쳐 둔다.

여행 가방 하나로
나의 미니멀 라이프는 정리된다.

1장

미니멀유목민
탄생기

실속 없이 바쁜 빚쟁이

미니멀유목민 이전의 삶

무대에서 기타를 연주하는 일은 내 특기이자 장래 회망이었다. 쉼 없이 꿈을 좇았던 10년 동안 기타가 많을 때는 5대까지 있었고, 연주 장비와 앰프, 공연 의상까지 더하면 트럭한 대 분의 짐이 있었다.

짐이 트럭이라면 걱정은 산더미였다. 각자도생해야 했던 부서진 울타리 같은 가정환경으로 인해 싹튼 불안한 미래, 의심스러운 재능, 성급한 출세욕 때문에 나는 자주 비관에 빠졌다. 나보다 덜 노력하면서 나만큼 쟁취하는, 하지만 욕심 없는 친구들은 다 유복한 도련님이었다. 그게 사실이든 아니든 내 시선은 그 정도로 왜곡돼 있었다. 그래서 그들을

16

시샘하는 친구들과 어울렸다. 그건 내가 노력하고 버텨온 시간을 부정당하기 싫은 치기였다.

미숙했던 20대 초반. 아르바이트해서 월세 내고 합주실 비용 내고 데이트도 하다 보면 매달 남는 건 빚 독촉과 만성 피로뿐이었다. 나에게는 빚을 갚을 능력이 없었다. 이때 처음으로 대출을 알아봤다. 하지만 무리해서 만든 신용카드 대금은 밀렸고, 신용이 없는 기타리스트는 은행 돈을 빌릴 수 없었다. 두려운 마음으로 대부업체에 전화했다. 30%에 가까운 이자를 듣는 순간 정신이 번쩍 들었다. 당장 전화를 끊고 혹시라도 상담 내역이 남을까 봐 온라인 정보를 싹 바꿨다. 이 무렵 진로도 변경했다. 오로지 가난하다는 이유로 음악을 관둔 것이다.

무대에서 내려와 사회 직급을 단 내 모습은 무척이나 낯설었다. 어려운 생계에 허덕이는 처지를 비관하는 상태는 날로 심해져, 나를 이해해 주는 사람조차 만나지 않는 고립된 생활을 자처했다. 그리고 1년 365일 일만 했다. 다행히 빚은 청산했고 뼈 시린 교훈도 얻었다. 그것은, 인생에서 돈이 최고라는 것과 돈을 얕보면 꿈이 깨진다는 것이었다. 지금 생각하면 참 어리숙한 결말이지만 당시에는 내가 얻은 교훈이 진리로 느껴졌다.

무대에 올라 화려한 조명 속에서 연주하는 내가 좋았다. 이 기분 속에는 오로지 무대에서만 느낄 수 있던 낯 뜨거운 자아도취도 있었다. 홍대 공연장을 가면 나를 뮤지션으로 알아봐 주는 관객이 더러 있어 무대에 서지 않는 날도 공연장 근처를 기웃거렸다. 어디선가 곁눈질로 나를 보는 시선이 느껴질 때면 결핍이 채워지는 기분이었다.

원망으로 가득한 20대 중반. 겨우 20대가 되었을 뿐인데 노후가 걱정됐다. 지금 당장 죽지 않는다면 더는 돈 때문에 비참해지고 싶지 않았다. 마침 수입이 좋다는 소문만 믿고

일본어 가이드 자격증(관광통역안내사)을 취득했다. 그때까지
취득한 것 중 가장 어려운 자격증이다. 이로써 어떤 꼴로 망
해도 굶지는 않겠다는 희망이 보였다(현실은 희망이 아니라 희망 사
항이었지만). 자격증을 땄으니 축하도 할 겸 무리해서 태국으로
여행을 갔다. 이 여행은 나를 예기치 못한 '위대한 길'로 안내
했다. 같은 숙소에 머물던 일본 여인과 꿈에도 생각지 못했
던 결혼을 하게 된 것이다.

결혼하면서 우리는 둘 다 언어에 지장이 없는 일본에 둥
지를 잡았다. 만남부터 결혼까지 걸린 기간 4개월, 한국인 남
편과 아홉 살 연상인 일본인 아내. 국제결혼인 데다 밑천도
없이 성급히 합친 탓인지 사소한 문화 차이부터 간장 종지에
남은 간장으로도 다툴 만큼 혹독한 신혼을 보내야 했다.

양국에서 혼인신고를 마치고 한국에서 일본으로 이사하
던 날. 내 이삿짐은 거대한 배낭과 노트북 가방, 작은 통기타
가 전부였다. 국제 화물비를 아끼려고 한국에 남겨둔 애물단
지들이 있었지만, 몸에 두른 짐과 가방에 필요한 것은 다 있
었다. 이때부터 내 의식에도 변화가 일어났다.

외박할 때마다 고데기까지 챙겨 다닐 정도였던 내가, 무
려 생활 터전을 옮기면서도 생각나지 않는 물건은 소유하
지 않기로 한 것이다. 다만 실행에 필요한 냉정함이 부족했

다. 특히 누군가에게서 받은 물건, 추억이 서린 옛 물건을 처분할 때는 죄책감에 몸부림쳤다. 처분하는 요령도 주먹구구식이었다. 만약 중고 거래 사이트마저 없었다면 지구에 갚지 못할 큰 빚을 질 뻔했다.

그로부터 2년 뒤, 20대 후반 젊은 유부남의 심은 배낭 하나로 완성됐다. 그 홀가분함도 잠시, 아내와 한국으로 와 임시 거주지를 구하자마자 살림 및 잡동사니가 마구잡이로 불어났다. 불어난 원인은 단순했다. 갖은 방법으로 물건은 처분했지만 왕성한 물욕은 버리지 못해서였다. 거기에 새로 채용된 여행 인솔자 직무에 맞춰 실무용품을 갖추느라 살림이 역대 최고로 많아졌다. 우리가 동시에 사태의 심각성을 인지한 것은 이사할 때였다. 분명 가전제품은 빌트인으로 된 집에 살았거늘, 무슨 짐이 그리 많은지 잡화점 하나는 우습게 차릴 정도로 물건이 더 있었다.

다시 냉정함을 끄집어냈다. 다행히 한 번 해 본 경험 덕에 빨리 짐을 정리할 수 있었다. 직업상 가방 한두 개까지 줄일 순 없었지만 충분히 홀가분하게 줄였다. 그렇게 시간이 흐른 지금까지도 물건 요요 현상 없이 세계를 안방처럼 누비고 있다.

내 인생의 가장 큰 전기轉機를 두 차례 꼽자면 하나는 기혼자가 된 일이고, 하나는 미니멀리스트가 된 일이다. 시간을

20

호주 퍼스(2010년). 결혼 후 약 1년 동안 호주와 아시아를 떠돈 부부의 짐.

되돌린다면 결혼은 역시 할 것이다. 하지만 굳이 시간을 되돌려 미니멀리스트가 아니었을 때의 나로 돌아가고 싶지 않다. 젊음을 다 준다 해도 돌아가고 싶지 않다. 미니멀리스트 이전의 나는 오로지 부족한 것만 찾던 측은한 청춘이었다.

내 곁에는 필요한 물건만
남아서 그런지
"언젠가 필요할지 모르니
가지고 있어야지!"
라는 허언을 할 수가 없다.

황제도 욕망이 없는 사람과는 적수가 될 수 없다

미니멀유목민의 탄생

2014년 가을, 스페인 산티아고 순례길로 긴 여정을 떠났다(말이 순례지, 여행 인솔자로 출장을 간 것이다). 예로부터 산티아고 순례객은 한 달이 넘는 기간 동안 800km를 걸으며 각자 꾸려온 짐만으로 지내야 한다. 나는 짐을 능력껏 줄여 8kg으로 꾸려갔다. 보통 짐의 무게가 10kg을 넘기는 순례자들 사이에서 8kg짜리 짐은 부러움의 대상이었으나, 이마저도 걷다 보면 부담스러웠다. 매일 어깨가 끊어질 듯 아팠다. 신경은 비누가 줄어드는 무게를 느낀다고 착각할 만큼 예민했다. 농담이 아니라 이삼일에 한 번꼴로 사람이 할 짓이 아니라는 한탄을 쏟아냈다.

텐트와 침낭, 코펠 등을 들고 1,100km를 걸었던 대만 도보 일주(2014~2015년).

순례길 여정을 마친 그해 연말에는 아내와 함께 대만으로 떠났다. 800km를 걸으며 생긴 굳은살이 아물기도 전에 대만을 일주하러 간 것이다. 이 역시 도보로 말이다. 이리하여 걷는 취미가 없는 나는 반년 새 1,900km를 걸었다.

왜 이렇게 많이 걷고 오래 걸었던 건가? 싱겁게도 근사한 답은 없다. 둘 다 내 의지로 걸은 것도 아니었다. 전자는 업무의 연장이었고, 후자는 아내가 등 떠밀었을 뿐이다.

그렇게 장거리를 걸었거늘, 걷는 행위에 매료되지 않았다. 시간이 흐른 지금도 마찬가지다. 남들보다 잘 걸을 자신은 있어도 자발적으로 즐겨 걷지는 않는다. 그럼 장장 1,900km를 걸은 경험이 헛되었다는 이야기인가? 설마! 그렇다면 이야기가 이어지지 않는다.

나는 걸으면서 '인간애'와 '무소유'에 깊이 빠져들었다. 일면식도 없는 사람들 덕에 짐을 지탱할 수 있었기 때문이다. 이때까지만 해도 '미니멀리즘'이라는 말은 알지 못했다. 그래서 무소유라는 단어를 자주 사용했는데 '무無'라는 단어에 거부감이 들었다.

'무無? 아무것도 없다는 뜻인데, 과연 가능할까?'

무소유의 정점으로 알려진 인도의 토착 종교 자이나교Jainism의 수도승조차 나체로 수행하지만 손에는 물건을 쥐고 있다. 즉, 극단적으로 소유물이 적은 사람은 있어도 무소유는 없다. 이 무렵 사사키 후미오의 저서《나는 단순하게 살기로 했다》가 알려지기 시작했다. 내 기억이 맞다면 이때 처음 '미니멀리스트'라는 용어를 접했다. 일본에서는 텅 빈 집을 찍은 사진이 언론에 단골로 오르내렸고 21세기의 의식주는 풍족을 넘어 과하다는 인식이 퍼졌다. 이거다 싶었다! 드디어 헝클어진 퍼즐이 맞춰진 기분이었다. 나는 '무소유'를 지향한 게 아니었다. 나는 필요 최소주의인 '미니멀리즘'을 지향한 것이었다.

국제 결혼, 산티아고 순례길, 대만 도보 일주는 미니멀리스트로 살아가게 될 훌륭한 밑거름이 됐다. 나는 물건을 필요한 만큼만 최소한으로 줄이면서 본격적인 미니멀리스트로 살기 시작했다. 2018년에는 블로그를 통해 미니멀리스트 경험담을 공유했는데 반응이 시원찮았다. 지인들 왈, 내용이 어렵다고 했다. 아니, '당신에게 필요한 물건들을 최소한만 소유하세요!'라는 말이 뭐가 어렵다는 말이지? 나는 이 말이 어렵다는 의견을 전혀 이해할 수 없었다.

마침 때는 활자에서 영상으로 이동하던 시대인데, 그 중심에 유튜브가 있었다. 참고로 나의 유튜브 데뷔는 2010년이다. 한창 활기를 띠던 한류에 편승하여 일본인을 대상으로 한국어 콘텐츠를 게재했다. 하지만 이 시절은 유튜브 시청자도 적고 영상을 통한 수입 창출은 상상하기 어려운 때였다. 따라서 콘텐츠를 만들어갈 동기를 찾을 수 없어 금방 은퇴 ^(방치)했다. 그랬던 유튜브가 지금은 역량에 따라 영향력을 갖

는 1인 방송국이 됐다.

나는 눈칫밥을 많이 먹어서 그런지 입담만큼은 일찍이 인정받았다. 관광 가이드, 여행 인솔자를 하면서도 멘트가 떨어져 곤란한 적이 없었다. 유튜브가 대중 매체를 넘보면 넘볼수록 주변에서 유튜브를 권하는 횟수가 잦아졌다. 하지만 이미 레드오션이라는 유튜브 판에 내 틈이 어디 있을까 싶어 전부 흘려들었다.

2018년 겨울, 한 해 열심히 일한 셀프 포상으로 대만 가오슝高雄에 갔다. 그곳에서 자율 근무형 디지털 노마드 Digital nomad 들이 집결한 카페에 들렀을 때 우연히 유튜브 촬영 현장을 목격했다. 간단한 장비로 촬영하는 유튜버를 보며 문득 유튜브를 다시 시작할지 고민했다. 사람들이 이해하기 어렵다고 말하는 미니멀리즘을 영상이라면 쉽게 전할 수 있을 것 같았다. 우선은 감을 잡기 위해 국내 미니멀리즘 영상은 전부 시청했다. 그리고 나는 전혀 다른 결과를 얻었다.

'누가 유튜브를 레드오션이라고 말해?'

미니멀리즘이라는 카테고리에서 내가 자리 잡을 틈은 분명히 있었다. 내가 이토록 확신한 이유는 당시 미니멀리즘 콘텐츠에서 보이는 공통점 때문이었다(당연히 이 확신이 객관적일 리는 없지만). 한국의 미니멀리즘 유행은 내가 생각하는 '필요 최소주의'와 조금 다른 성격이었다. 친환경 세제들, 깨끗한 주방 타일과 흰 벽, 라벨만 붙인 상표 없는 유리병을 보여 주면서 미니멀리즘이라고 표현했다. 그 속에서 미니멀리스트들은 물건을 능숙하게 수납하는 수납 전문가이자 청소 전문가로 보였고, 요리에는 대부분 아보카도를 곁들였다.

이것이 내가 발견한 '틈'이었다. 물건을 최소한으로 필요한 것만 소유함으로써 자유로운 일상을 누리는 것, 그것이 '자존감 상승'과 '환경 보호'로도 이어진다고 말할 미니멀리스트는 나밖에 없어 보였다.

본격적으로 첫 영상을 만들기 전에 장기 전략이 필요했다. 어설프게 시도했다가 그만두는 걸 반복하기 싫어서였다. 2019년 새해를 앞두고 한 달 동안 유튜브만 시청했다. 소형 마이크를 사서 촬영 연습을 다녔고 편집 프로그램을 독학했다. 채널 주제는 당연히 미니멀리즘. 채널명은 단순하게 '미니멀리스트'. 거기에 나를 알릴 별명을 고민했다. 책 두세 권을 냈다고 작가라고 하기는 민망하지만 언젠가 호칭에 걸맞은 인물이 되고자 스스로 '박 작가'라고 불렀다(사실 유튜브를 하게 된 계기에는 책 홍보 목적도 컸다). 그리하여 결정한 이름은 '미니멀리스트 박 작가'.

하지만 뭔가 약한 느낌이었다. 칼국수에 칼이 빠진 것 같

달까? 내가 유튜브 재기를 하기로 결심한 카페는 손님이 카페를 옮겨 다니는 디지털 노마더의 성지였다. 한창 '미니멀리즘, 욜로, 소확행, 노마드'라는 단어가 유행하던 때다. 나는 디지털 돈벌이는 없지만 확실한 노마더였다. 반년 동안 일한 수입으로 겨울에는 아열대 기후를 찾아 떠나는 유목민이었다. 일찌감치 재산을 모으는 대신 포근한 기후를 선택했고, 연말에 대만에 온 것도 혹한을 피해서였다. 나는 미니멀리스트, 여긴 디지털 노마드 카페… .

'그렇다면 「미니멀 노마드」?'
'전부 외래어는 와닿질 않아.'
'「필요 최소 유목민」?'
'전부 한글도 와닿질 않아.'
'한글과 외래어를 반반 섞은 「미니멀유목민」은?'
'오… 괜찮은데?'
'미니멀유목민'이라는 이름의 탄생이었다.

황제도 욕망이 없는 사람과는 적수가 될 수 없다.

Even an emperor is no match for a man with no wants.

라마나 마하르시|Ramana Maharshi(인도 명상가)

YOUTUBE Episode

2019년에 올린 예고 영상

필요 없는 물건, 안 쓰는 물건은 정리하세요.
분명 마음이 후련해지고 이 후련함이 누적되면서 변화가 찾아올 겁니다.
그 변화는 높은 자존감입니다.

반년을 잠적해도 대책 있던 프리랜서

여행 인솔자의 삶

연중 반년은 사람 앞에 서서 일하고, 나머지 반년은 자취를 감추고 일하는 여행 인솔자, 여행 작가, 유튜버. 이 세 가지 직업을 가진 프리랜서 미니멀유목민의 삶 중에서 여행 작가와 유튜버를 뒷바라지하는 '여행 인솔자'부터 알아보자.

추위가 끝난 봄, 관광 성수기의 시작

매년 4월에서 11월은 출장 중에 이전 출장 보고서를 휘갈길 정도로 바쁘다. 이 기간에 나는 두세 개의 시차로 살아가는 여행 인솔자로 활동한다. 여행 인솔자, 무슨 일을 하는 사람인가?

쉽게 말해 한국에서 단체 관광객을 이끌고 해외 입출국을 동행하는 보호자를 말한다. 인솔자가 보호자라면 현지 가이드는 선생님 역할이다. 보호자와 선생님, 그리고 관광객의 호흡이 잘 맞으면 그 어떤 돌발상황도 추억이 되는데, 이와 반대가 되면 초호화 여행도 생지옥이 된다. 이 모든 연출에는 인솔자의 역할이 막중하다.

인솔자는 대부분 프리랜서다. 개인의 역량과 발품은 기본이며, 여행사와는 반 전속이 되어 일을 확보해야 한다. 나는 여행사 세 군데와 연결 고리가 있다. 한 군데도 아닌 세 군데는 동료들에게 부러움의 대상이며, 때때로 타 여행사의 러브콜을 받기도 한다. 내 입으로 자랑하기 전에 먼저 인솔자의 유형부터 알아보자.

- 본인을 관광객으로 착각하는 인솔자
- 가이드 지시만 따르는 인솔자
- 능동적인 인솔자

여기서 나는 자부한다. 최고인지는 모르겠으나 양심에 손을 얹고 능동적인 인솔자라고. '누군가에게 한 번밖에 없을지 모르는 여행을 나 하나 편하겠다고 대충할 수 없어서' 열

'나마스테' 한 마디밖에 모른 채 인도에 가서 생존 힌디어를 습득하며 가이드로 활동했다.
당시 업계에 20대는 나 한 명뿐이었다.

심히 뛰어다닌다. 그리고 어떻게 하면 추억을 더 선명하게
남겨드릴 수 있을지 연구한다. 손님이 기념일을 맞이하면 깜
짝 이벤트를 열어 축하하고, 직업적인 성장을 위해서라면 투
자도 아끼지 않는다. 이렇게 출장을 마치고 귀국하면 담당자
로부터 감사 문자가 와 있다. 덕분에 잠재 고객을 확보했다
는 내용이다. 모든 업계가 그렇듯 이 바닥도 소문이라는 게
있다. 이것이 업체들로부터 러브콜을 받는 이유이며, 춤다는

이유로 반년을 잠적해도 마음이 편안한 근거다.

인도 가이드 시절

인솔자가 되겠다고 결심한 때는 2011년 인도에 가이드로 채용되었을 때다. 한국에서 온 손님 중에는 손님이 아닌 사람이 한 명 있었는데, 그 사람이 바로 인솔자였다. 나는 현지 상주 가이드인 터라 매일 밤 손님이 묵는 호텔 주변에서 숙소를 찾아 헤매던 반면, 인솔자는 손님과 같은 호텔에 머물며 조식까지 먹는 모습이 괜히 비교되고 부러웠다. 인솔자라는 직업을 이해하기도 전에, 보람을 찾기도 전에, 오로지 '호텔+조식'을 누릴 수 있다는 이유 하나만으로 나는 인솔자를 동경하기 시작했다. 게다가 한국을 거점으로 다양한 나라를 자유롭게 오가는 것을 보며 나도 같은 자리에 있고 싶다는 열망에 사로잡혔다. 직업적인 고충은 외면한 채 말이다. 그리고 2년 안에 국내 열 손가락 안에 드는 여행사 인솔자로 일을 시작했다. 인솔 경력이 전혀 없는 내가 인솔자로 고용될 수 있던 건 아이러니하게도 인도 상주 경험 덕분이다. 인솔자를 통해 평소에는 만날 수 없는 다양한 직군의 손님과 몇날 며칠을 함께 다닌 경험은 어디에서도 돈 주고 살 수 없는 진귀한 인생 공부가 됐다.

채널 댓글 1위를 기록한 31분짜리 '여행 인솔자' 편

많은 시청자에게 인솔자라는 직업을 알림과 동시에 채널 성장에 이바지한 영상.
영상을 시간순으로 나열한 단순 편집이었기 때문에
뜨거운 댓글 반응은 정말 의외였다.

2019년 12월

반년 동안 부지런히 일하고 태국에서 열대 과일만 먹고 있을 때다(진짜 열대 과일이 주식이었다). 한국에서 다급한 출장 의뢰가 들어왔다. 평소라면 정중히 거절했을 터이지만 이번에는 예외적으로 귀국했다. 업계에 정착하게 이끌어준 사수의 부탁이라 도의적으로라도 거절할 수 없었다.

그리하여 떠난 이탈리아 출장. 두 건의 출장 중 한 건을 마치고 로마에서 쉬는 동안 '코로나19'라는 전염병 소식을 접했다. 처음에는 그저 좀 찝찝한 느낌이었다. 2015년 메르스가 창궐할 때 두 달 정도 중동을 피해 다닌 경험이 있으므로 이 또한 잘 지나갈 거라 예상했다.

그런데 이어진 두 번째 출장이 끝나갈 무렵, 귀국을 이틀 앞둔 날이었다. 함께 엘리베이터를 탄 유럽인이 나를 보자마자 팔로 자기 얼굴을 감쌌다. 유럽에서 인종차별은 종종 겪는 일이지만, 이번에는 달랐다. 인종차별을 넘어선 경멸의 행동이었다. 곧이어 이탈리아의 온 매체가 코로나19로 장식되면서 약국마다 마스크가 동이 나고 그나마 있는 곳은 5~10배를 줘야 한다는 소문이 돌았다. 인솔자인 나는 타국에서 맨얼굴이 불안한 손님들을 위해 마스크를 구해야만 했다. 내 뜻을 가이드에게 전달하자 그는 최대한 빨리 마스크를 구해왔다. 그런데 표정이 몹시 불편해 보였다. 구매 과정을 들어보니 재난 영화의 서막이 따로 없었다. 일부러 친분이 깊은 약국까지 찾아갔는데 약사가 장물 흥정하듯 터무니없는 가격을 불러서 실랑이까지 벌였다는 것이다.

갈등과 불길함의 시작. 이것이 나의 마지막 출장이었다. 그리고 곧 세계에서 여행업이 멈췄다. 그해 가을까지 확정되었던 출장이 줄줄이 취소되고 매달 여행사가 폐업했다는 소식이 들려 왔다. 희망이 있을 거라고, 곧 좋아질 거라고 버틴 시간이 1년 이상 지나자 낙천적인 사람조차 우울 증세를 보였다. 나 역시 우울감을 피할 수 없었다. 인공지능이 아무리 발전해도 이 직업은 쉽게 대체하지 못할 것이라 여기던 자신감이 바닥까지 추락했다. 생명 연장을 위해 밥을 먹고 생계를 위해 유튜브를 지속했지만, 자는 시간 외에는 고통이었다. 이 모습을 지켜보던 아내는 다독이다 지친 나머지 같은 우울감을 호소하기도 했다. 나는 오랫동안 미련에 갇혀 있었다. 직업을 끌어안고 놔주기 싫은 집착은 물건 정리와는 비교할 수 없을 만큼 강했다. 나도 몰랐던 의외의 모습이다.

'계절을 농락하는 철새 시절에는 몰랐는데….
나, 인솔자라는 직업을 끔찍하게 아꼈나 봐.'

인솔자 잠정 은퇴 선언

코로나 이후 1년 반 만에 방문한 인천공항 여행사 카운터에서
'인솔자 잠정 은퇴'를 선언했다.
공공연히 은퇴 선언을 하고 나자 우울감은 사라졌고
이렇게 정신력 회복에 성공했다.

인솔자 복귀 실패

인솔자 일을 쉰 지 2년 반 만에 복귀를 꾀하였으나 결국 실패했다.
가수도 콘서트를 시작하고 배우도 관객을 맞이하는데 여행업은 여전히 빙하기였다.

고정 거주지가 없다.
그래서 영역이 넓다.
훗날 거주지는 '확정'하지 않았다.
'미정'이 주는 설렘을 감질나게
느끼고 싶다.

포기에 익숙해지기 싫은 투덜이

여행 작가의 삶

10대에 음악을 시작했는데 10년간 결실 없이 끝났다. 그후 카메라에 손을 댔고, 역시 결실 없이 끝나기 직전이었다. 29살 여름, 그저 평범하게 서른이 될 운명이 분하도록 아쉬웠다. 이유는 몰라도 다신 없을 20대의 흔적을 남기고 싶었다. 그래서 예나 지금이나 사진집 보는 걸 좋아하는 나는 '흔적 남기기'의 목적으로 사진집 출판을 알아봤다. 사진 파일은 넉넉했기 때문이다.

신혼여행이라 이름 붙인 배낭여행 당시, 우리는 허리띠를 조르고 졸라 여러 나라를 유랑했다. 둘이서 한 달 평균 40~60만 원이라는 빠듯한 경비 탓에 현지식이 익숙하지 않아도 현지식만 먹으며 대중교통을 이용했고, 말레이시아에서 중국으로 갈 때는 며칠이나 걸려 국경까지 이동한 경험도 있다. 이건 웬만한 현지인들도 '안 사서 하는 고생'이다. 어떤 날은 비포장도로를 달리는 버스를 탔다가 엉덩이가 심하게 고생하긴 했지만, 그 덕에 여행자가 지나가기 어려운 마을과 자연스럽게 변하는 문화를 접할 수 있었다.

당시 찍어 둔 사진 중에는 진귀한 것이 많다. 나는 웅장한 풍경, 아이들의 미소 앞에서는 애써 셔터를 누르지 않았다. 그런 사진은 과거에도 있었고 앞으로도 있을 것이니 나는 찍지 않아도 된다고 생각했다. 내가 담고 싶은 장면은 명장면이나 현란한 기술이 아닌 '이야기'였다. 경직되지 않은 인간의 모습으로 자연스러운 사람의 향기를 표현하고 싶었다. 내가 사회로 들어갔을 때 겪은 학력 차별, 외모 차별 등이 사라지길 바라며 말이다. 참고로 내가 겪은 학력 차별은 저학력자에게 면접 기회가 공평하지 않은 것과 능력보다 학력을 중시하는 것 등이었다. 외모 차별은 남자가 머리가 길다는 이유로 지적당하고 면접관의 폭언을 듣거나 일명 스포츠형 머리가 아니라며 여행 출장 취소 통보를 받고 금전 손해까지 본 일 등이 있다.

1인실에 단돈 3천 원이던 방콕의 게스트하우스

가끔은 무리해서 사치 부리고 싶어질 때,
우리의 원점이 이곳 게스트하우스임을 떠올리며 초심을 되찾는다.

막상 사진집을 출판하기로 했으나 시작부터 막막했다. 사실 난 독서 취미가 없는 사람이다. 그 흔한 필독 도서, 베스트셀러도 읽지 않았으며, 모든 문학과 원수처럼 등지며 살아왔다. 당연히 뭐부터 해야 할지 몰랐다. 일단은 노트북을 꺼내 문서 프로그램에 사진을 배열했다. 그리고 사진 중간중간 해설을 덧붙였다. 어느 정도 책의 형태를 갖춘 후에는 사진 전문 출판사, 여행서 출판사 수십 군데에 투고했다. 작품의 희소성만 봐서는 충분히 승산 있다고 생각하며 출판은 시간 문제라고 생각했다. 이때 나의 자신감이 어느 정도였느냐면 먼저 연락해 오는 출판사가 행운이라고 생각했을 정도였다. 그러나 현실은 그렇게 녹록지 않았다. 답장은 5% 이하만 왔고 그마저도 전부 반려 메일이었다. 자신했던 만큼 비수가 되돌아와 꽂힌 기분이었다.

29살 가을, 서른까지 두 달여 남겨둔 시점이지만 출판 가능성은 없어 보였다. 이대로 단념하면 포기하는 게 익숙해진 투덜이가 될 것 같았다. 어떤 발버둥이라도 쳐야 했다. 당장 출판이 가능한 방법은 온라인 자가 출판밖에 없었다. 서둘러 책 디자인 교재를 구해 한 달 만에 사진집을 완성했다. 그리고 서른 살을 앞둔 11월, 교보문고 전자책E-book 판매를 시작했다. 비록 서점에는 책이 놓이지 않았지만, 포기하지 않았

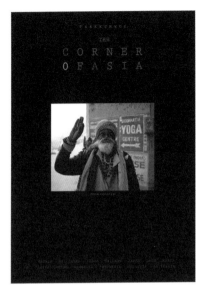

전자책 사진집 《아시아의 구석에서(2012년)》

다는 것만으로도 값진 성취감은 느낄 수 있었다. 이제 서른이 되어도 여한이 없었다.

온라인 출판을 하고 며칠이 지났을까? 생소한 지역 번호로 전화가 한 통 걸려왔다. 발신자는 '교보문고'라고 했다. 평생을 속아 살아온 사람처럼 의심이 많은 나는 '댁이 교보문고 담당자라면 증명해보라'는 식으로 말을 받아쳤다. 전화번호를 검색해보니 진짜 교보문고가 맞았다(훗날 담당자가 말하길 내가 전화를 퉁명스럽게 받았다고 한다). 교보문고에서 전화가 걸려온 것도 뜬금없는데 통화 내용은 귀를 의심케 하는 제안이었다.

"우리 회사 홈페이지에 칼럼 연재를 부탁하고 싶습니다."

"제가 칼럼을요? 글은 자신 없는데요."

의아한 내용이었지만 내로라하는 업체의 제안인 데다 연재료까지 준다니 거절할 이유는 없었다. 칼럼을 계약하러 본사를 찾아갔다. 금액이 명시된 계약서에 서명하면서 나를 섭외한 이유를 물어봤다. 그리고는 그때까지 어디서도 들어본 적 없는 말을 들었다. '책 속에 짤막하게 적힌 문장들이 꽤 흥미로웠다'는 것이다. 그렇게 누구보다 책을 멀리하던, 그저 평범하게 서른 살이 되기를 거부했을 뿐이던 나는 느닷없이 글을 쓰게 됐다.

사진집을 출간한 것을 시작으로 칼럼을 연재하다가 여행 에세이까지 집필했다. 첫 책은 모 기관 우수 문학 도서로 선정되었고 대만에 번역본이 나오는 영광까지 누렸다. 서점에서 처음 내 이름을 발견했을 때의 감흥은 지금도 생생하다. 누가 나를 알아보면 어쩌나 혼자 얼굴이 빨개졌지만, 알아보는 사람은 아무도 없었다.

운이 좋아 작가가 되었으나, 책을 쓰는 일은 상상 이상으로 고달픈 작업이었다. 그래서 첫 책을 끝으로 절필하려고 했다. 요행으로 한 권 냈으면 됐지 또 같은 짓을 반복하는 건 자학 행위나 다름없었다. 나에게 책을 쓰는 작업은 즐거움이 거의 없는 일이다. 어제 적은 글을 다음날 다시 읽으면 어찌나 형편없는지 두 번 다시 글을 쓸 의지가 생기지 않는다. 또 머리가 복잡해지고 감정 기복도 심해진다. 작가가 되기 전에는 내가 이렇게까지 괴팍한 사람인 줄 몰랐다. 큰 화면으로 글씨를 읽으면 문장 이해력이 떨어지는 것도 처음 알았다. 출판 편집자가 글씨를 키워 읽는 모습을 봤을 때는 모든 글씨가 도형으로만 보였다. 이걸로 아내와 겪는 애로사항은 지금도 있다. 길을 가다 손으로 무언가를 보라고 했을 때 나는 정확히 글자만 못 볼 때가 많다. 최근 종합 검진을 받았는데 시력은 양호하다고 나왔다. 그런데도 큰 글자를 읽으려면 답답하고 뜻을 모를까 봐 불안하다. 이러한 증세 때문에 내가 쓴 모든 글은 작은 화면에서 완성한 것들이다. 휴대전화로도 글을 쓰는데, 한 손에 잡히는 작은 화면에서조차 작게 해서 작업한다. 여담인데, 출간된 내 책은 한 번도 읽지 못했다. 사람들에게는 다 아는 내용을 뭐하러 읽느냐고 말하지만, 실은 시판되는 책의 글씨가 나에게는 큰 편이라 읽기 어려워서 그렇다. 물론 본인 작품을 다시 읽는 민망함도 있지만, 책을 읽

칼럼 연재작 《글로벌 거지 부부(2014년)》

두 번째 에세이 출간 후 독자와 서점에서 만나는 이벤트를 직접 주최했다. 저자와 출판사는 일을 조용히 벌이려던 반면, 서점이 적극적으로 일을 키운 덕분에 성황리에 마칠 수 있었다.

글 작성은 편집이 쉬운 태블릿으로 하고 읽는 건 휴대전화로 한다.

고 쓰는 과정은 한시도 수월한 적이 없다.

지금 원고를 쓰는 중에도 '왜 기어코 이 짓을 하나' 싶을 정도로 고통스럽다. 누구에게는 꿈만 같은 출판 기회를 얻고서도 계약서에 사인한 손가락을 유배 보내고 싶은 심정이다. 차라리 돈 때문에 책을 쓴다면 핑계가 그럴싸하겠지만 그렇지도 않다. 책은 가계 적자 일등 공신이다. 여행 인솔자로 번 돈으로 자가 후원을 하고 있으니, 책을 쓰지 않았다면 훨씬 돈을 많이 벌었을 거라는 데에 호언에 장담에 성까지 바꿀 수 있다.

선행이 아니라 부끄러운 에피소드도 있다. 한 번은 규모가 작아진 출판사를 약소하게나마 돕기 위해 계약금을 받은 셈 치자고 제안한 적이 있다. 그래도 계약금이 입금되자 자비로 북 콘서트를 열었고 책을 필요하다는 곳에 보내는 등 그 해에만 계약금과 인세의 두 배 이상을 썼다. 지금도 나를 작가로 찾는 장소가 꿈나무가 있는 학교라면 강연비는 묻지 않고 간다. 돈을 일부러 덜 받은 적도 있다. 여기서 더 말하면 세상 물정 모른다는 참견을 들을까 봐 감추는 사실도 있다.

아내는 이런 나를 이해해준다. 아내만이 "당신이 그렇게 하고 싶으면 그렇게 해"라고 말한다. 내가 이렇게까지 계산하지 않고 움직이는 이유는 결과물이 '책'이라서 그렇다. 내 책을 만들기 위해 재능을 쏟아준 전문 인력들과 돈·시간을 내어준 독자에 대한 고마움은 수지 타산을 안 따지게 만든다. 살아오는 동안 책 쓰는 괴짜는 봤어도 책 만드는 괴짜는 못 봤다. 독서 좋아하는 성격 파탄자도 못 봤다. 이들을 실제로 만나 눈빛을 보고 나면 내가 책을 써야 하는 이유가 이해된다. 그래서 이번 책도 자가 후원을 아끼지 않기로 했다.

나를 작가로 만들어 준
모든 응원에 보답하기 위해서라도
깨알 같은 글씨와 싸워 반드시 탈고하고 말리라!

2인 1박 숙박비 약 6,500원에 달하는(!) 인도 하산^{Hassan}의 숙소에서 원고 쓰는 중(2018년).

이번 책을 계약하기 전, 출판사와 첫 미팅을 할 때 모두를 당황하게 하는 사고를 치고 말았다. 출판사 앞까지 찾아가서는 시간 오해가 생기자 냅다 줄행랑을 친 것이다. 혹시나 이야기가 잘 되었을 때 책을 써야 한다는 부담감에 저지른 방어(?) 본능이었다. 줄행랑 후 장문의 사과문을 보내고 관계자의 회유와 도피가 반복되다가 결국 책을 한 권도 안 받겠다는 조건을 내세워 계약이 성사되었다. 계약금이 입금되던 날, 정말 끝내주게 우울했으며 정말 미칠 듯이 기뻤다.

작은 수건 한 장밖에 없는 덕분에
매일 최소한의 운동량은 확보했다.

미니멀유목민, 미니멀리스트 여행 작가 박 작가입니다

유튜버의 삶

'다음 영상은 뭘 찍지?'

머리 주변을 떠나지 않는 물음표다. 이 물음표는 일주일에 한두 번 느낌표로 바뀐다. 그때는 휴대전화 메모장을 열어 어떤 말을 할지 적는다. 메모가 길어지면 내용의 50% 이상 적을 때도 있고, 아무 말도 안 적을 때도 있다. 할 말이 대략 정리되면 카메라를 준비한다. 녹화 버튼을 누르고 빨간 불을 보며 고정 인사를 한다.

"미니멀유목민, 미니멀리스트 여행 작가 박 작가입니다."

이어서 주제를 언급하고 본론으로 들어간다. 내용은 '미니멀리즘'과 '미니멀 라이프', '여행 VLOG', '여행 인솔자'에 관한 이야기다. 어떤 내용도 한 번에 길게 말하기는 어렵다. 내뱉은 문장이 성에 안 차 바꿀 때도 있고, 발음이 꼬여 멈출 때도 있으며, 녹화 버튼이 안 눌렸을 때도 있다.

내용 다음으로 신경 쓰는 건 음향이다. 유튜브 시청자는 흔히 모바일 기기를 사용한다. 이어폰을 사용할 확률이 높다는 뜻이다. 본 채널의 제작 중요도로 따지면 내용 > 음향 > 편집 > 화질 순이다. 유튜버가 된 이래 가장 크게 투자한 건 330만 원짜리 노트북과 3대의 카메라, 4대의 마이크다. 다른 일을 병행하는 부업 유튜버라고 하기에는 지출이 컸고 미니멀이라고 하기에는 맥시멀하다. 물론 시작부터 이랬던 건 아니다. 과분하게도 채널 운영 석 달 만에 소위 말하는 떡상(조회 수가 폭발적으로 증가하는 것)을 경험하면서 작가보다는 유튜버로 찾는 연락이 많아졌다. 그에 따른 활동 범주를 넓히다 보니 촬영 장비가 소지품의 20%까지 점유하게 되었다 (p.216~217 소유 물건 목록 참조).

유튜버로서 목표한 구독자는 5만 명이었다. 5만 명을 달성하면 유튜브를 그만둘 계획이었다. 장편 드라마도 마지막 회가 있듯이 끝낼 시기를 미리 정한 것이다. 이와 관련하여

매형 & 처남의 여행 영상

유튜버가 되고 남 일인 줄 알았던 광고 제안이 들어와
매형과 중국 연변을 다녀왔다.

말하면 구독자 5만 명은 결코 적은 숫자가 아니다. 영상을 꾸준히 올린다고 채워지는 숫자도 아니다. 그래서 많은 유튜버를 분석해 나름대로 최대치를 5만 명으로 잡았다. 이 정도 시간이면 미니멀리즘의 장점은 충분히 전달할 수 있으리라 생각했다. 그리고 한창 여행 성수기에 출장을 다닐 시기, 크루즈선으로 바다를 오가는 사이 구독자가 5만 명을 돌파했다. 빨라야 2년은 걸릴 줄 알았던 시기가 1년 반이나 앞당겨졌다. 너무 빨리 마지막 회를 찍게 되자 고민이 앞섰다. 이렇게 사라지는 건 채널을 키워준 구독자에게 실망을 주는 행동 같았다. 다행히 지금까지 이 생각이 공개적으로 언급된 적은 없다. 따라서 평소처럼 업로드해도 아무도 모를 뿐더러 나 자신도 상관없었다. 슬그머니 마지막 회를 철회하고 띄엄띄엄 채널을 유지하던 사이 여행 비수기가 찾아왔다. 그와 동시에 불편한 손님도 찾아왔다. 바로 코로나 팬데믹이다.

시간은 많아졌는데 성수기는 오지 않았다. 가장 확실하던 수입이 별안간 '0'이 됐다. 마지막 출장비가 입금된 지 1년을 넘어가자 부업이던 유튜버를 전업으로 전향해야 했다.

'부업 유튜버' → '전업 유튜버'
앞글자 하나로 중압감이 달라졌다.

56

단적인 예로 부업일 때는 조회 수를 개의치 않았다. 영상 업로드 단계에서 중간 광고가 4개로 설정되면 1~2개로 줄이기도 했다. 광고가 시청을 방해하지 않도록 구독자를 배려한 것이다. 심지어 댓글에 반응하는 하트가 뭔지도 잘 몰랐다. 북 콘서트에 오신 독자님께서 댓글 하트를 눌러 달라고 말씀을 하셔서 그러한 기능이 있다는 걸 알았다. 유튜버로 활동은 하고 있었지만 거기까지 살필 진중함은 부족했다.

전업이 된 지금은 어떠한가? 생계와 직결되는 조회 수를 보는 시선이 달라졌고, 영상을 올리는 날 차 안에서 조회 수를 의식하다 속이 울렁거린 적도 있다. 과거 영상과 비교를 알리는 분석을 보면서는 허탈감을 느끼기도 한다.

이 동영상을 시청하는 고정 시청자가 감소했습니다.	⟩
처음 1일 22시간:	
조회수 순위	9/10 ⟩

《유튜브 스튜디오》
채널 분석과 댓글 반응을 관리하는 유튜버 전용 애플리케이션.
전업 유튜버가 되었다고 모든 여유를 잃은 건 아니다. 전처럼은 아니어도 여전히 광고 수는 줄이고 있다.

내용이 자극적일수록 조회 수가 느는 건 유튜버가 되면 아는 공식이다. 코로나를 뚫고 일본에 와서, 도쿄 올림픽 때 그 공식을 외면한 건 쏠쏠한 알바 거리를 놓친 것과 같다. 어찌 보면 유튜버의 자질이 부족하다고 느껴지는 대목이기도 하다. 아직도 자기가 만족스러운 영상을 만들고 있으니, 영상 한 편 한 편에 들인 시간은 전부 보상받지 못한다. 그래도 가진 물건이 충분한 미니멀리스트와 미니멀리스트의 아내가 살아가는 데는 부족함이 없다. 이 모든 무형의 자산은 귀중한 시간을 할애해주는 구독자들 덕분이다. 나는 그들에게 밥을 안 먹어도 배부를 만큼 고마움을 느낀다.

부업 유튜버 vs 전업 유튜버

	부업 유튜버	전업 유튜버
기획안	번뜩이면 구상	계획적으로 구상
업로드 간격	불규칙	일주일에 1~2편
편집 기간	휴식 시간 최대 할애	평균 3일 소요
댓글 확인	휴식 시간 최대 할애	꾸준히 확인/개선점 연구
조회 수	뒤늦게 확인	꾸준히 확인
반응 분석	X	○
유입 경로 분석	X	○
수익	보너스 개념	생계비
유료 광고	오로지 선불만 진행	업체 방침 준수
목표	구독자 5만 명	가늘고 길게
소속	X	X
기타	여행하면서 영상 촬영	영상 촬영을 위해 여행

필요 이상의 과신은
화를 부르는데
많은 사람이 이걸 '찬스'라고
착각한다.
그래서 자기 재산으로는
감당도 못 할 빚을 진다.

신神을 찾는 완벽 의심주의자

미니멀유목민의 철학

　　37살이 된 직후, 양말을 한 켤레만 남겼고 2년 넘게 같은 상태로 지내고 있다. 일할 때도 쉴 때도 매일 손빨래를 했더니 여분이 필요 없었다. 내가 미니멀리스트로 살면서 일반적이지 않은 부분을 열거하자면 다음과 같다. 아, 여기에 손으로 수염 뽑는 것도 추가(유일한 속옷 망사 T팬티도 적어야 하나?).

- ○ 365일 양말 한 켤레
- ○ 냉장고 없이 살기
- ○ 노푸(No-poo, 샴푸를 사용하지 않고 머리를 감는 것)
- ○ 치약 안 쓰기

단순히 물건을 줄이고 안 썼을 뿐인데 언제부턴가 철학적이라는 말이 따라붙었다. 처음에는 긴 머리 때문에 그런 말을 듣는 줄 알았는데 머리 길이는 별 상관없었다.

'철학책 한 권 안 읽고, 철학자 이름 세 명도 못 대는
내가 철학적이라고…?
철학의 뜻이 얼마나 가벼우면 나 같은 사람도
이런 소리를 듣는 걸까?'

궁금증에 철학 위인전 오디오 북을 들었다. 한 번 듣고는 이해가 안 돼서 다시 듣고 또 들었다. 다 듣고 나서 든 생각은 철학자는 끊임없는 질문 속에 살며, 기원전부터 서로 다른 소리를 해오고 있다는 것이다. 하지만 나와 비슷한 부분도 있었다. 바로 융통성은 없고 질문은 많다는 거다. 물론 질문의 수준은 하늘과 땅 차이지만, 당연한 걸 당연하지 않게 받아들이는 것과 답을 찾기 위해 고생하는 건 비슷했다.

현재까지 내 인생 최대의 고생은 '신 찾기'다. 산티아고 순례길 외에 불교 성지인 인도 보드가야Bodhgayā, 네팔 룸비니Lumbini에서 템플 스테이를 했고, 시크교 사원을 자주 방문했으며, 가이드로서 이슬람 사원을 출입하던 영향으로 지금도

양말 한 켤레 남기고 다 버렸습니다

양말은 한 켤레가 전부다. 한 켤레가 된 계기는 갈아 신을 양말을 깜빡한 채
장기 출장을 떠난 날부터였다. 현지에서 양말이 없다는 걸 알았을 때,
마치 큰일인 양 걱정했던 것과 달리 실제로는 하루도 불편하지 않았고,
매일 손빨래했더니 신던 걸 가방 안에 삭히는 일도 없어졌다.

가죽 신발, 가죽 벨트를 착용하지 않는다. 144년 만에 돌아온 세계에서 가장 큰 종교 축제 마하 쿰브멜라Maha Kumbh Mela(힌두교 축제)에 가서는 화장실도 제대로 못 가며 지푸라기 위에서 잠을 청했다. 가장 최근에는 12년마다 한 번 열리는 자이나교 대축제Mahamastakabhisheka를 찾아갔는데, 당시 내가 유일한 한국인이었다. 이 축제 방문은 무려 5년이나 계획한 것이었고, 전 재산을 쪼개 사전 답사까지 다녀왔다.

이 모든 여정이 종교적인 이해와 신을 찾기 위한 여정이었다. 일부는 업무 때문에 간 것도 있었지만 없던 지식만큼은 충분히 채워서 갔다. 나는 진심으로 종교를 알고 싶다. 과학적인 해설이 불가능한 믿음·존재가 너무 궁금했다. 그래서 현세에 덕을 쌓으려는 신자들이 모이는 장소를 숱하게 찾아다녔는데, 가끔은 사회에서도 겪지 못한 무자비한 문전박대를 경험해야 했다.

지금 생각해보면 내 어린 시절은 참 유별났다. 초등학교 수학여행 마지막 날 사회자가 참회 조장 연설을 할 때 우는 아이들을 보면서 난 정신이 또렷해서 견딜 수가 없었다. 교회를 다닐 때도 마찬가지다. 새벽 기도, 주말 예배도 꼬박꼬박 나가봤지만 기도할 때마다 정신이 또렷해서 신앙생활이 불가능했다.

중학생 때는 반 친구들과 프로 농구 경기를 보러 갔다가 충격만 받고 집에 돌아왔다. 공이 그물에 들어갔을 뿐인데 벌떡 일어나 환호하는 '찰나의 흥분'이 비이성적으로 느껴졌다. 그리고 '찰나의 흥분'에 말을 걸면 아무도 반응하지 않았다. 처음에는 내가 이상한가 싶어 환호성을 따라 질러봤지만, 몇 번을 해도 자신을 속이는 거짓 연기라는 느낌을 지울 수 없었다. 결국, 흥분한 관중들만 관찰하다 경기는 끝나버렸고, 아무도 대화가 안 통한다고 느꼈을 때는 무서운 고독을 느꼈다. 나는 이때부터 스포츠 관람을 싫어하게 되었다. 온 나라가 떠들썩했던 2002년 월드컵도 일부러 시청하지 않았다.

성인이 되어 찾아간 용하다는 점술, 최면술, 전생 체험도 전혀 통하지 않았다. "그대의 마음이 닫혀 있어서 그렇습니다", "믿음이 부족해서 그렇습니다"라는 말을 들으면 '어떻게 저 대사는 바뀌는 법이 없지?'라는 실망감만 들었다. 나는 근거가 없으면 뭐든 삐뚤게 본다. 나를 작가로 데뷔시킨 교보문고의 연락도 퉁명스럽게 받지 않았던가?

내로라하는 성지를 찾아다녔지만 신의 근거조차 찾지 못했다. 그렇다고 종교인을 부정하지는 않는다. 그들이 가진 신앙심은 존중한다. 특히 종교 시설에서 느껴지는 차분함은

12년에 한 번 열리는 자이나교 대축제(Mahamastakabhisheka, 2018년)

힌두교 축제 마하 쿰브멜라(Maha Kumbh Mela, 2013년). 축제 기간 약 1억 명의 순례객이 다녀갔다고 전해진다.

방황하는 사람들에게 꼭 필요한 것이라고 생각한다.

최근 들어 MBTI가 무엇이냐는 질문을 많이 받는다. 미안하지만 해 본 일이 없어서 모른다. 피검사로 MBTI가 나오기 전까지 누구의 결과도 믿을 생각이 없다. 이건 안 믿으려고 애쓰는 게 아니라, 믿으려고 노력해도 안 된다는 뜻이다.

아직 신을 찾는 여정이 끝난 건 아니다. 코로나가 잠잠해지면 다시 신화 속 신부터 마을 수호신까지 찾으러 갈 것이다. 아까 말했듯이 궁금하기 때문이다. 물론 큰 기대는 하지 않는다. 이것은 의지할 데 없이 자라면서 자연스레 생겨난 방어적 성격이다. 어떤 일이든 기대하지 않는 것. 뭘 해도 철저히 의심부터 하고 시작한다. 나는 '완벽 의심주의자'다.

의심이 많아서 들뜨지 않고 매사가 방어적이다. 의심은 내가 일상에서 구사하는 말투와 글, 영상에 전부 반영된다. 말에 따스함이라고는 없다. 한 번은 의심하는 것. 한 번은 턱을 괴는 것. 온갖 호객 행위 따위 가볍게 무시할 정도로 인간미가 없지만, 마술 쇼를 보는 건 또 기가 막히게 좋아한다. 가짜인 걸 알고도 즐겁게 보는 내 동심의 눈은 웬만한 어린이보다 초롱초롱하다. 이렇게 의심과 결핍된 동심의 경계를 분열하듯 오갔더니 어느새 철학적이라는 말을 듣게 되었다. 당사자인 나는 그 평가를 이렇게 받아들인다.

'아직은 나처럼 별스러운 사람이 소수여서
철학적이라는 말을 듣는 거야.
개성이 다양해지는 날이 오면 곧 탄로 나겠지?'

그대들이 괴짜를 과대평가했다는 것을 알기 바란다. 솔직히 그날이 빨리 좀 왔으면 좋겠다. 철학적이라는 고지식한 말과 MBTI를 맞추려는 사람들 앞에서 어떻게 장단을 맞춰야 할지 여전히 잘 모르겠다.

여행하는 이유?
책을 안 읽어도
식견이 넓어지니까!

MINIMALIST

2장

미니멀 라이프
실천법

하루 10분 vs 하루 27분 vs 하루 0분

인생에서 사라져가는 시간을 되찾는 방법

정기 이벤트처럼 물건을 손에 넣는 기쁨. 그 기쁨과 더불어 물건의 상태가 계속 새것처럼 좋을 거라는 건 판타지 속 이야기다. 형태가 있는 물건은 대개 시간이 지나면 질리게 되어 있다. 형태가 없는 음악도 반복해서 들으면 질리는데, 물건을 향한 마음이 변하는 건 지극히 정상이다.

안경을 매일 아침 포장지에서 꺼낸 것처럼 쓰는 사람은 없으며, 매일 새 신발로 뛰어보자 팔짝하는 사람도 없다. 아무리 고가의 옷도 변형이 생기고, 악천후로부터 인류를 구원할 것 같던 신소재 원단은 작은 불똥조차 못 견딘다.

아끼던 물건이 상하는 모습을 목격하면 그 실망과 충격은 이루 말할 수 없다. 너무 속상한 나머지 슬며시 외도를 떠올리게 되는데, 이때 '외도 전문 중매사'인 '알고리즘'이 등장한다. 중매율은 시작부터 매우 높다. 개인의 신상 정보와 검색이력을 낱낱이 꿰뚫어 중매를 성사시킨 다음 빠른 속도로 외도 상대를 안겨준다. 중매 수수료는 한 번에 완납해도 되고, 수개월 동안 나눠서 내도 된다. 앞으로도 계속 볼 사이라 그정도 마음 쓰고도 공치사는 하지 않는다. 이것이 현대 자본주의가 돈을 버는 권모술수 중 하나다. 가진 건 풍족하지만 마음은 빈약하게 만드는 해로운 수법이다.

여기에 허영심을 자극하는 '타인과 나 비교하기' 선전이 접목되면 물건을 안 늘리려야 안 늘릴 재간이 없다. 상식적으로, 시세를 벗어난 저가 제품은 질이 나쁜 게 당연하다. 이 중에는 인권을 무시한 환경 속에 제조된 유사품도 허다하다. 이익에 눈이 멀어 기어코 사고가 나는 불상사는 라나 플라자 Rana Plaza 사건(2013년 방글라데시 의류 공장에서 1129명의 사망자가 발생한 불법 증축 사고)만 봐도 알 수 있다.

한 통계에 따르면 인간은 20세부터 80세까지 60년간 하루 10분을 물건 찾느라 허비하는 것으로 나타났다. 시간으로 따지면 총 3,680시간, 무려 153일이다. 영국 민간 보험 회사가 집계한 통계는 이 수치를 훨씬 웃돈다. 성인 남녀 3,000명을 조사한 결과는 다음과 같다.

- 하루 물건 찾는 횟수 : 9회
- 하나의 물건 찾는 시간 : 3분
- 하루 27분 X 60년 = ?

계산해 보면 인생의 약 400일 이상을 물건 찾으며 허비하는 것이다. 이 통계는 단순히 물건 찾을 때 발생하는 시간만 계산한 것이지 주변인을 심문하고 엎어버린 서랍을 치우는 시간은 빠져 있다.

미니멀리스트마다 개인차는 있겠지만 내가 물건의 위치를 파악하는 데 걸리는 시간은 1초다. '그.게.어.디.있.더.라?'가 물건 찾기 명령어라면 보통 'ㄱ'을 입력하는 도중에 답이 나온다. 그리고 파악한 물건을 손에 쥐는 데 걸리는 시간은 10~30초다. 미니멀리스트 전에는 가방을 자주 뒤엎었다. 출장 가서 트윈 베드를 배정받으면 침대 하나는 영락없이 도둑이 훑고 간 현장 같았다. 물건을 못 찾아서 아내를 심문하다 역풍을 맞은 적도 많았다. 한때는 물건을 너무 자주 잃어버려서 입에 달고 살던 말이 '물건에 발이 달렸나?'였다.

내가 물건을 못 찾았던 이유는 단순했다. 유사 물건 중복

출장 중 흔한 싱글 베드 상태.

소유, 파악할 수 없을 만큼 과소유, 수납장 안에 또 수납장에
수납, 무질서한 보관 상태가 주된 원인이었다. 지인과의 약
속 시각을 어길 때는 시간 착오도 교통 체증도 아닌 물건을
찾다가 늦은 일도 있었다. 택배를 기다리다 늦은 건 안 비밀
이다.

　지금은 천재지변과 교통 파업이 없는 한 시간을 엄수하는
신사가 됐다. 물건에 시간을 빼앗기지 않은 덕에 자유 시간
이 늘었고 좋아하는 물건에만 둘러싸여 만족스러운 나날을
보내고 있다.

미니멀리스트가 된 이후 더블 베드. 장기 출장 중 한 달 넘게 방 안에서 업무를 보면서 취침 시간 외에는 사진 속 상태를 유지했다. 방이 항상 깨끗하니, 왜 진작 이러지 않았을까 후회될 정도로 능률이 향상됐다. 굳이 조용한 장소를 찾아 나갈 필요도 없었다.

만약 여러분이 물건에 삶의 주도권을 빼앗긴 기분이 든다면, 물건을 위해 집세를 내는 기분이 든다면, 이제는 필요 없는 물건과 이별할 때가 왔다는 것이다. 자신에게 필요한 최소한의 물건을 가려내다 보면 변화는 반드시 일어난다. 이전과 같은 공간을 훨씬 쾌적하게 사용할 수 있고, 인생에서 사라져 가는 최소 153일을 알아차린 시점부터라도 줄여갈 수 있다.

여기서는 몇 가지 쌓이기 쉬운 물건들과의 이별 방식을

제안하려 한다. 미리 말하자면 '순한 맛' 이별은 아니다. '설렘/안 설렘', '안 쓰는 물건 안식년 갖기', '하루 한 개 버리기' 처럼 조심스럽게 물건과 멀어지는 방식이 아닌, 단호하고 신속하게 물건의 새 주소를 제안한다. 우리가 행동을 빨리하면 할수록 그만큼 환경 보호에 긍정적인 효과가 있을 것을 기대하기 때문이다.

미니멀리스트가 늘어나면
경제가 정체될 거라는 우려는
전부 거짓말이다.
미니멀리스트는 경제가 건강하게
돌아갈 만큼 돈을 쓴다.

금수저로 태어나 쪽방에서 사는 미니멀리스트

일본 패망 직후 유복한 가정에서 태어나 경제 호황기를 누린 마사미 씨.
그는 자유로운 노후를 즐기기 위해 안 쓰는 물건의 90%를 비웠다.

(1945년생 마사미)

300평→1평
물건 90%를 버린
일본 미니멀리스트

용모는 내면의 거울

의류 이별하기

쉽게 빈자리를 만들면서 즉시 변화를 체감하는 이별의 첫 관문으로 의류(옷·장신구)를 제안한다. 옷과 이별할 때는 옷장을 전부 비우지 않아도 된다. 굳이 옷더미를 만들어 먼지를 들이마실 필요 없이 '자주 입는 옷', '꼭 필요한 옷'만 꺼내도 괜찮다. 이때 직접 옷을 골랐던 안목을 살려 다시 한번 남길 옷만 분류해 보자.

유행이 지난 옷은 과감히 이별한다. 이런 옷은 냉정히 말해 다시 입을 일은 없다. 아주 드물게 재유행이 오기도 하지만, 복고 재유행만 해도 그 텀이 세대교체가 함께 이루어질 정도로 길었다. '용모는 내면의 거울'이라는 말이 있다. 유행만 좋는 건 내면의 자발적 사고가 정지된, 즉 외부에서 주는 대로 받아들이는 게 익숙하다는 뜻으로도 해석되는 말이다. 이 말에 느껴지는 게 있다면 자신의 취향을 내면에서 발견하는 자기애를 길러 보자. 남길 옷이 정해지면 이런 옷들과 이별할 차례다.

- 싫증 난 옷
- 안 입는 옷
- 안 맞는 옷
- 구멍 난 옷
- 변형된 옷
- 오염된 옷
- 불편한 옷
- 글씨 지워진 옷
- 주인 없는 옷
- 선물 받거나 기념으로 보관하는 옷
- 잠옷으로 강등할 옷

※ 입지는 않지만 소중한 옷. 예를 들어 신생아 시절 옷, 예복, 기념복 등 '인생의 조각을 간직하고 싶은 옷'은 통풍이 잘되는 장소에 예우를 다해 모셔두자!

◈ 본격 이별 방법

① 온라인 중고 거래

스마트폰 보급 전 중고 거래는 컴퓨터 조작이 능숙한 사람들만의 영역이었다. 그만큼 방법도 복잡하고 안전 거래라는 것도 없었다. 익명의 상대와 오로지 믿음 하나로 조마조마하게 거래해 왔다면, 지금은 한 손으로 쉽게 판매, 안전 거래가 가능한 데다 이용자도 늘어나서 소소한 용돈 벌이가 가능하다.

옷과의 이별에 속도를 내고 싶을 때는 여러 중고 사이트에 낮은 가격으로 파는 것을 권장한다. 중고 거래는 내 물건이 필요하다는 상대와 직접 연락을 주고받는 특성 때문에 용돈 벌고 기쁨 주는 '상생' 느낌도 챙길 수 있다. 만약 상대에게 기쁨을 더 보태주고 싶다면 가격 흥정에 관대해져도 좋다.

② 기부 상점 이용

서둘러 공간을 확보하고 싶을 때나 중고 거래가 어려울 때 적합한 방법이다. 옷의 값어치는 보상받지 못해도 '기부'라는 선행이 마음을 보상해주므로 이 역시 '상생' 느낌을 챙길 수 있다. 기부를 환영하는 대표 상점으로는 전국에 체인

점을 둔 '아름다운 가게'가 있다. 기부 대신 선물을 하고 싶다면 희망하는 지인에게 나눠주는 방법도 좋다. 다만 '강요'와 '사후 확인'은 절대 금물이다. 오히려 옷 생명을 연장해준 배려에 고마움을 전하자. 아주 드물게 헌 옷 사입 매장이 보이면 그때는 옷 가격을 감정받고 팔아도 좋다.

③ 유료 종량제 봉투로 처분

아직 쓸 만한데 버리겠다고 마음먹으면 꼭 반성하는 시간을 갖자. 그리고 앞으로는 환경을 생각한 친환경 소유를 위해 노력하자. 이건 다른 물건을 버릴 때도 마찬가지다. 반성하는 시간이 꼭 필요하다. 반성이 과해져 자괴감까지 맛본다면 더할 나위 없이 훌륭한 학습이다. 이를 통해 앞으로 소비와 소유 의식 수준이 달라질 것이다. 아니, 달라져야만 한다.

항간에서는 미니멀리스트 운운하며 물건 버리는 걸 비판한다. 딱 잘라 말한다. 귀담아듣지 않아도 된다. 그걸 비판하는 사람도 금고는커녕 육신조차 못 들고 떠난다. 세상에 남겨진 사람들의 수고를 조금이라도 헤아린다면, 비판할 자격이 있는 사람은 아무도 없다.

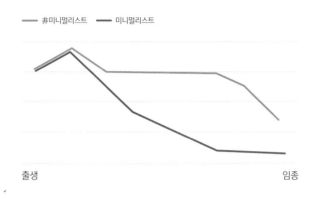

물건 소유양 예상 도표

※주관적 예상

— 非미니멀리스트　— 미니멀리스트

출생　　　　　　　　　　　　　　　　　임종

⚠️ 옷과 이별하는 데 헌 옷 수거함은 제외!

결론부터 말해 헌 옷 수거함은 환경과 경제를 교란할 뿐
이다. 국내에서 수거된 헌 옷의 95%는 개발도상국에 수출되
어 판매된다. 이게 어떤 문제를 초래하는지는 서아프리카 상
황만 봐도 알 수 있다. 특히 베냉Benin에는 외국산 헌 옷을 한
벌에 50원에 파는 시장이 있는데, 이 때문에 현지 재단사들
이 생계에 위협을 느낄 지경이라고 한다. 아무리 원가를 절

도쿄의 한 고급 주택가에서 발견한 무료 나눔(왼쪽).
월정액 트렁크룸(컨테이너 짐 보관 서비스)이 걷잡을 수 없이 늘어난 도쿄에서 학생복과 불용품을 무료 나눔 하는 것을 목격했다.
그리고 같은 달 오키나와에서도 품목만 다른 무료 나눔을 목격했다(오른쪽).
앞으로 이러한 광경을 더 자주 보게 될지도 모른다.

감한들 50원보다 싼 옷은 만들 수 없기 때문이다. 나아가 의류 산업 전체가 존폐의 갈림길에 설지 모른다는 우려의 목소리도 나오고 있다.

　계절과 안 맞는 헌 옷도 상당히 심각한 문제다. 늘 여름인 나라에 겨울옷이 섞여 오면 소비자를 만날 기회도 없이 쓰레기장으로 간다. 더 큰 문제는 헌 옷 수입국의 대부분이 쓰레기 처리 기술이 없다는 거다. 현재 그들의 낙원이던 들판은 헌 옷 쓰레기 산으로 둔갑하고 있고, 화학 섬유는 생태계마저 위협하고 있다.

우리가 헌 옷을 넣고 자선 사업가 기분을 느꼈던 건 사실 죄책감을 느껴야 했던 거다. 미니멀리스트가 될 거라고 헌 옷 수거함을 애용했던 나의 과거가 진심으로 부끄럽다.

번화가를 걸어도, 마트에 들어가도
나를 유혹하는 수백 가지 마케팅
장치가 안 통하는 걸 느낀다.
마치 현실 속 가상 현실을
체험하는 느낌이다.

500년 전 탄생한 거룩한 미니멀리즘

필기구류 이별하기

문구점에 진열된 수백 가지 볼펜. 아무 생각 없이 필기감을 시험하다 갑자기 희망찬 미래가 그려진다.

'그래! 이 볼펜으로 다시 도전하는 거야!'

뭘 도전하는지 몰라도, 필기감 하나로 동기부여를 얻는 순간이다. 새로운 학습지를 살 때 문구점을 들르고 싶은 건 이런 동기부여를 기억하는 과거의 무의식일지 모른다. 이 무의식을 의식적으로 계산하면 어떤 합리화를 거쳤는지 알 수 있다.

방치된 볼펜이 많다. = 외부 자극에 약하다.

방치된 볼펜이 적다. = 볼펜을 요술봉처럼 휘두른다.

나는 일본어를 꽤 한다고 자부한다. 그렇다고 일본인들이 칭찬하지는 않는다. 조금 억울하지만 외국인인 걸 모를 정도로만 하는 나를 탓할 뿐이다. 일본어능력시험 1급을 땄을 때만 해도 잘한다는 이야기를 들었는데, 지금은 도리어 한국어를 할 줄 아느냐는 질문을 받는다. 이건 겸손할 필요 없는 사실이다. 다른 일본어 상급자에게 실력을 의심받을 때면 한 치의 망설임 없이 대답할 수 있다.

"원어민 데려오시죠."

내가 이토록 자신하는 데는 그동안 써 온 볼펜의 양을 근거로 든다. 성인이 되어 시작한 외국어를 지금 수준으로 구사할 수 있게 된 건 볼펜을 요술봉처럼 휘두른 덕분이다. 그렇다면 궁금해진다. 볼펜을 대체 몇 개나 썼을까? 시대로 보아 터치펜은 아니었을 것이니 말이다.

나는 이 질문에 꽤 정확한 대답을 할 수 있다. 내가 써 온 볼펜은 자그마치 10개가 안 된다. 0.4mm 볼펜 하나를 다 써 볼 거라고 안간힘을 썼기 때문에 기억한다. 중국어 초급을 학습할 때는 정말 지독하게 필기해서 2색 볼펜 하나를 겨우 다 썼다. 그마저도 두꺼운 심을 써서 가능했지 얇은 심이었으면 턱도 없는 일이었다.

여행사 사무실 책상 위에는 흔한 광경이 있다. 겹겹이 쌓

중국어 학습 노트 일부(2017년). 노트와 이별하기 전 찍은 어두운 기록.

인 서류와 문구류로 가득한 펜꽂이, 여기저기 흩어진 볼펜이다. 여행 계약의 성격상 동시에 여러 고객을 응대하는 상황은 없는데도 서랍까지 여분의 볼펜이 들어 있다. 그러다 정작 급하게 볼펜이 필요한 순간에는 옷을 더듬는 장면을 연출한다. 내가 그랬고 많은 담당자가 그랬다.

우리 일터와 터전에는 필기구류가 지나치게 많다.

분명 가구 밑에 들어간 펜 뚜껑을 봤는데도 먼지 뭉치 취급하는 건 '있어도 그만 없어도 그만' 외에 설명할 길이 없다. 사실 이해가 안 되는 건 아니다. 지금은 이력서도 사랑 고백도 키보드 자판으로 혹은 휴대전화로 적는 시대 아닌가. 코로나 팬데믹으로 생겨난 '출입 명부'도 금세 '전자 출입 명부'로 대체했고, 사람들이 줄을 서는 맛집은 원격 줄서기를 도입하는 중이며, 영수증에 언제 마지막으로 수기 사인을 했는지는 기억조차 가물가물하다.

유감스럽게도 필기구류는 '필수'가 아닌 '선택'인 날이 오고 말았다. 회의실에 노트 대신 노트북을 들고 가서 자판 두드린다고 주의 주는 사람도 없다. 그나마 다행으로 여겨야 할 건 문화 후퇴 걱정은 안 해도 된다는 점이다. 조금 더 구체적으로 말하면 한국인이 갑자기 볼펜을 잡는다고 해서 글을 못 적을 일은 없다는 이야기다. 이걸로 주변 국가들이 떠안은 고충을 들어 보면 세종대왕님이 500년 전 이뤄낸 문자 미니멀리즘이 얼마나 거룩한 업적인지, 그 어진 마음이 말로 헤아려지지 않을 만큼 위대하다.

◈ 본격 이별 방법

필통이나 문구류가 담긴 수납함을 시원하게 엎는다. 이때 먼지가 날릴 수 있으니 마스크를 끼고 시작하는 것이 좋고(아마 끼어야 할 것이다) 바닥에는 잉크가 묻을 수 있으니 종이를 깔고 시작하는 것이 좋다(아마 깔아야 할 것이다).

한자리에 모인 필기구류를 보면서 사용하거나, 기필코 사용할 것을 제외한 전부를 이별 코너에 분류한다. 여기서 잘 판단할 건 '사용'을 전제로 고르는 것이지 '마음에 드는 것으로' 고르는 게 아니라는 점이다.

선택한 필기구류는 다시 재분류한다. 잉크가 굳지는 않았나 필기감이 나빠진 건 없나 꼼꼼히 확인한다. 매직이나 형광펜 중 색이 갈라져서 나오는 건 전부 이별 코너에 분류한다. 이런 건 쓴다고 색이 돌아올 일도 없고 쓰면 쓸수록 소름만 끼친다.

경품으로 받은 볼펜, 회사명이 적힌 볼펜, 숙박 시설에서 챙겨온 볼펜은 억지로 이별하지 않아도 된다. 대신 앞으로는 공짜로 줘도 안 받고 공짜라고 가져오지 않는다. 이미 갖고 있는 것도 다 못 쓴다.

안 쓰는 필기구류를 언젠가 쓰게 될 기부용으로 보관할

필요도 없다. 정기적으로 해외 자원봉사를 나가는 상황이 아니라면 말이다. 아이들이 맨발로 생활하는 빈민가도 여러 차례 가봤지만, '기브 미 머니', '바이 포 미'만 들었지 단 한 번도 '기브 미 펜'은 듣지 못했다.

미니멀리스트가 되기까지 고민과
과정을 겪으며 인내력이 향상됐다.
택배 배송이 하루 정도 늦어도
기다릴 수 있게 되었다.

YOUTUBE Episode

내 나이 서른여섯, 볼펜 하나 남았다

볼펜이 필수인 여행 인솔자 시절.
3색 볼펜 하나로 모든 필기 업무가 가능했다.

언제든지 되돌릴 수 있는
완곡한 선택

책 이별하기

사실 책과의 이별은 그리 어렵지 않다. 책에 특별한 감정만 없으면 하루에 서재 전체를 비우는 것도 가능하다. 하지만 그렇지 못할 상황이 많을 것이라고 예상해야 한다. 책은 보통 물건과 달리 스승이 되고 길잡이가 되는 묘한 기운을 지니고 있다. 특정 책에 시선이 갈 때마다 생산적인 영감이 떠오른다면 소장하는 것보다 나은 선택은 없다. 반대로 그저 완독했다는 훈장으로 책을 보관해 왔다면 이참에 이별할 것을 권한다.

훗날 다시 읽고 싶어질 것 같다면 그때 다시 생각하면 될 일이다. 급하면 도서관을 이용해도 되고 활자 책보다 저렴한 전자책을 사서 읽어도 된다. 전자책을 읽는 게 어색한 것은 익숙하지 않아서지 못할 것도 없다. 신문 기사를 종이로 읽지 않게 된 것은 다들 익숙한 경험 아니던가. 책과 이별한다고 그 책이 세상에서 없어지는 것도 아니다. 책은 세상에 하나밖에 없는 추억이 담긴 물건을 버리는 것과 비교하면 언제든 되돌릴 수 있다는 마음으로 이별해도 된다는 뜻이다. 이것이 책을 쓰는 사람이 완곡하게 말하는 진심이다.

◈ 본격 이별 방법

우리는 책과 이별하기에 아주 좋은 시대에 살고 있다. 사업자가 자비目費로 임대한 장소에 책을 가져다주면 보존 상태에 따라 금전 보상을 해주는 자비慈悲로운 시대다. 그리고 이런 서비스는 요술램프를 손에 넣은 것처럼 늘어나는 추세다. 이사 비용이 부족할 때는 전당포로 이용해도 될 만큼 생활권과 가까워졌고, 이사할 때부터 상자째 보관해 오던 책은 방문 수거 의뢰가 가능해졌다.

책을 기증하고 싶을 때는 공식, 비공식 두 가지 중에 선택할 수 있다. 공식은 도서관, 비공식은 배낭여행자가 머무는 장소는 어디든 가능하다(보통은 기증을 환영한다).

메모가 있거나 양념이 살짝 튄 정도라면 종이 재활용 배출도 가능하다. 훼손이 심각할 때만 유료 종량제 봉투로 버리면 된다.

책을 비운 자리를 다른 물건으로 채우는 건 진정한 비움이 아니다. 책장을 비우면 그 책장을 중고로 팔거나 무료 나눔을 하자. 한국은 중고 거래 나라의 천국이다. 다양한 국가에서 중고 사이트를 이용해 봤지만 한국만큼 무료 나눔이 쉬운 곳은 없었다. 가령 일본에서 가장 활발한 중고 거래 사이트를 이용하려면 판매 시 10%의 수수료를 내야 한다. 이 수수료 때문에 무료 나눔이라는 항목 자체가 없다. 게다가 판매 가격 설정은 최하 3,000원부터다. 무료 나눔이었다면 방치되지 않았을 물건이 대책 없이 쌓여가는 상태다.

한국은 무료 나눔을 하면 직접 수거하러 오거나 배송료를 지불하면서까지 가져가는 친절까지 베푼다. 번거로움을 조금만 감수하면 금세 미니멀리스트가 될 수 있다. 지금 집에서 이 책을 읽고 있다면 매일 눈에 들어오는 시야에 어떤 책이 놓이면 좋을지 상상해 보자.

⚠ 책장이 멀쩡하다고 따로 사는 가족 집에 보관하는 건 금물!

책장이 아니어도 모든 물건이 마찬가지! '혹시나 나중에'라고 생각할 필요도 없다. 나중에 원래대로 돌려받을 확률도 희박하고 뒤끝 없을 확률도 희박하다. 인간은 대부분 물건 앞에서 그리 관대하지 않다는 것을 명심해야 한다. 부득이한 사정 없이 물건을 맡겨야 할 정도면 처분을 하고, 부득이한 사정 없이 받아줘야 할 정도면 처분을 권하자.

방세 내는 날은 기분이 참 좋다.
집을 책임질 의무를
적은 돈으로 회피했다.

안 쓰는 휴대전화로 못을 박으세요

전자제품 이별하기

요즘 뉴스를 통해 우주에 관련된 소식을 많이 듣는다. 민간인의 우주여행 여행객 모집 소식도 들리는 걸 보니 기술이 이렇게나 발전했나 싶다. 이 기술로 미세먼지나 없애주면 좋겠는데, 세계 정상들이 모여 머리를 맞대도 밝은 미래가 그려지지 않는다.

지금 책을 쓰는 장소인 일본 미에현三重県에는 대규모 공업 단지 요카이치四日市가 있다. 일본인이라면 누구나 아는 '요카이치 천식'의 바로 그 요카이치다. 일본 경제의 성장기인 1960년대, 석유 화학 공장 단지에서 뿜어낸 유황 산화물이 요카이치의 파란 하늘을 앗아갔다. 아이들이 연기 속을 헤치며 등교할 정도로 최악의 대기 오염이 이어졌고, 이로 인해 주민들이 집단 천식에 걸린 사건을 '요카이치 천식 사건'이라 부른다. 현재까지 관련 사망자는 약 1,000명이라는 '설'을 남긴 상태다. 여기서 '설'이라고 하는 이유는 인과 관계에서 제외하려는 주장 때문이다. 예를 들면 유아 조기 사망, 노화에 의한 자연사 등을 말한다.

내가 처음 미에현에 왔을 때는 요카이치가 여기 있다는 것도 몰랐다(사실 미에현도 처음 들어 봤다). 그저 장모님 되실 분께 인사 드리러 온 장소가 미에현이었을 뿐이지 이 지역에 대해 아는 게 전혀 없었다. 하루는 미에현에서 나고야로 가는 차 안에서 정말 괴기스러운 장소를 목격했다. 그곳이 내가 처음 본 요카이치였다. 처가에서 차로 1시간 30분 달려왔을 뿐인데 모든 환경이 낯설었다. 대형 선박만 한 탱크와 공장 굴뚝이 어찌나 많던지, 또 굴뚝에서는 연기가 어찌나 뿜어져 나오던지 반사적으로 코를 감싸고 싶을 정도였다. 괴기스럽다고 표현한 건 공장 일대 광경을 두고 한 말이다. 요카이치는 거대한 인공 공업 단지와 일반 가정집이 한 장소에 공존하고 있었다. 굳이 이런 장소에 사람이 사는 이유를 헤아릴 방도가 없는 한편, 대단히 잔인하다는 생각이 들었다.

'누가 잘살자고 집 앞에 배기관을 설치한 걸까?'

사실 요카이치 주민과 우리 사정은 크게 다르지 않다. 세상은 자고 일어나면 신제품을 쏟아내니 걸핏하면 파란 하늘이 사라진다. 집에 공기 청정기를 안 두고 싶어도 그럴 상황이 아니다. 공장 굴뚝 수를 줄이려면 제2, 제3의 툰베리(10대 환경 운동가)가 목소리를 모으는 것 외에는 뾰족한 묘안도 떠오르지 않는다. 현재 상황만 봐서는 전자제품에 '담뱃갑 경고 그림'이 붙어도 이상하지 않을 정도다.

나는 여기서 미니멀리스트가 떠올랐다. 미니멀리스트는 정녕 필요한 물건만 가려내 소유하는 궁극의 깍쟁이들 아니던가! 미니멀리스트는 싸구려 잡동사니와 없어도 그만인 발명품은 거들떠보지도 않고 공짜로 줘도 안 받는다. 이건 자주 거들떠봤던 기억이 있어 세포부터 반응하는 거부 의사다. 특히 전자제품을 살 때는 매우 신중히 검토한다. 이별하기가 쉽지 않다는 걸 알기 때문에 앞뒤를 고려한 구매가 필수 조건이다.

앞 : 필요성, 중복성, 효율성, 합리성, 소모성
뒤 : 중고 거래, 무료 나눔, 양도, 처분, 분리수거

이러한 조건은 특정 브랜드 불매로도 이어진다. 나만 해

도 사회면을 불미스럽게 오르내리는 브랜드는 불매 중이며, 플라스틱 냄새, 고무 냄새가 코를 찌르는 저품질은 사지 않는다. 저품질은 주로 '떨이, 재고 정리, 창고 대방출'에서 많이 보인다. 물건은 냉정히 말해 싸고 좋은 건 없다. 흔히 말하는 '가성비'는 싸기 때문에 단점을 참작하고 쓸만 하다는 거지, 장점이 많다는 걸 의미하지 않는다.

요즘 시장 입지가 확고한 브랜드는 환경을 의식하기 시작했다. 포장지에서도 '재생지'라는 단어가 보이는 게 그 증거다. 소비자는 앞으로 '친환경'을 더 자주 접할 게 확실하다. 양심적인 기업은 이윤 일부를 육해공 정화 처리 기술을 발전시키는 데 쓸 것이고, 그 흐름에 미니멀리스트들이 함께하면 지금의 파란 하늘이 사라지는 일은 없을 거라 기대할 수 있다.

◈ 본격 이별 방법

전자제품 이별은 크게 '안 쓰는 전자제품'을 말한다. 그 중 '휴대전화 공기계'를 예로 들었다. 이미 모두가 아는 뻔한 방법도 있지만, 응용 및 실습 차원에서 복습해보자.

① 온·오프라인 중고 거래

안 쓰는 전자제품 중고 거래는 생각보다 쉬운 편이다. 완제품이 아니더라도, 혹은 좀 흠이 있는 제품이라도 거래된다. 심지어 짝이 없는 무선 이어폰이나 액정이 깨진 노트북도 거래된다. 전자제품 특성상 유가 금속 추출, 부품 조립이 가능해서다.

반면 중고 매입가는 참담하다. 희귀 제품이 아니고서야 기대치에 부응하는 법이 없다. '고민은 배송만 늦출 뿐'이라는 현대 어록을 빌리면, 중고 거래에서 '고민은 가격 앞자리 수만 떨어트릴 뿐'이다. 예컨대 10년 전 120만 원이던 휴대전화의 중고 가격이 30배 이하로 떨어지는 건 흔한 일이다. 그런데 같은 시기에 120만 원 주고 산 의류는 10~20배 이하로 떨어지지 않는다. 이 차이는 각 산업의 발전 속도가 만들어냈다고도 말할 수 있다.

참고로 나의 두 번째 디지털카메라는 6배 떨어진 가격에 사서 20배 내려간 가격에 팔렸다. 10년 새 중고가가 100배 아래로 떨어진 셈이다. 내가 미니멀리스트가 아니었다면 이 가격에는 팔지 않았을 거다. '안 써도 가지고 있고 말지!'라며 집 어딘가에 처박아 뒀을 게 분명하다. 이런 식으로 물건은 쌓이고 쌓이다 이사 갈 때 한 번 보고 다시 또 처박아 뒀을

중고 매장에서 발견한 약 3,300원짜리 비디오카메라(2021년). 해당 제품은
1990년대 초반 생산된 모델로 당시 비디오카메라 시장 시세는 평균 200만 원
이었다.

기능이 절반만 작동하는 비디오 일체형 브라운관 TV 약 1,100원.

것이다. 하지만 방치된 전자제품의 습도를 관리할 리 만무하고, 기판이 썩기라도 하면 그때는 돈 주고 버리는 방법 외에 손을 못 쓰는 지경에 이르고 만다.

② 유·무상 방문 수거

전자제품과 이별할 때 현실적이면서도 희망적인 소식은 공공 기관과 민간 업체가 방문 수거를 도와준다는 점이다. 비록 제품은 가리더라도 무상 수거가 조건이다. 무상 수거에 해당하지 않는 제품은 저렴하게 수거를 요청할 수 있다. 이 혜택이 언제까지 갈지는 모르나 분명 국내외 폐가전 정세의 영향을 받을 것이고, 마냥 오래 갈 것 같지는 않을 거라 예상된다. 짧게 말하면 '마음먹었을 때가 기회'라는 뜻이다. 그리고 이 기회는 반복해서 이용하지 않는 것이 환경 보호로 이어진다. 세계보건기구(WHO)는 전자제품 처리 시 발생하는 독성 물질에 대해 엄중히 경고한 상태다.

③ 역회수 이용

동일 기능 신제품 구매 시 생산사가 기존 제품을 역회수하는 제도가 있다. 법적으로도 명시된 의무 제도이지만, 모든 구매자가 아는 지식으로 자리 잡지 않은 방법이라서 정부

차원의 홍보가 절실한 상태다.

④ 휴대전화 공기계

우리가 가장 많이 쓰면서 가장 처분이 곤란한 휴대전화는 '통신사 보상 판매'와 제품에 따라 금전 보상을 해주는 '무인 수거기'로 이별할 수 있다. 기기 초기화를 하더라도 민간 중고 거래가 불안하다면 위와 같은 방법을 권장한다. 그래도 마음 한쪽이 찜찜하다면 그때는 어쩔 수 없다. 잘 간직하고 있다가 못 박을 때나 사용하자.

사실 이 말은 실없는 농담으로 하는 말이 아니다. 최근 휴대전화 공기계 악용 사례로 보면 100% 안심 거래가 없는 게 현실이다. 온라인을 떠도는 복원 프로그램을 사면 누구나 과거 데이터 일부를 복구할 수도 있다. 이 말은 지인끼리도 휴대전화 공기계를 주고받지 않는 게 나을 수 있다는 뜻이다. 카메라 저장 장치의 중고 거래 위험성은 이미 아는 사람에게는 널리 퍼진 상식이다. 금융 거래를 비롯한 사생활이 담긴 휴대전화는 완벽한 안심 대책이 나올 때까지 보관하는 게 나을지도 모른다. 내 휴대전화는 누군가 복구해도 협박할 가치가 없으므로 중고 거래를 해왔지만, 중고 거래 전체 내역을 통틀어 가장 께름칙했던 게 휴대전화와 태블릿이었던 건 부정할 수 없다.

⚠️ 집 공간을 차지하는 전자제품 종이상자 처리는?

최신 기기 전자제품 중고 거래는 종이상자 유무에 따른 중고가 차이가 있다. 직업상 기기 변동이 잦으면 종이상자는 보관하는 게 좋다. 반대로 한 전자제품을 오래 애용할 예정이라면 종이상자는 처분해도 된다. 좀 오래된 제품을 중고 거래할 때는 종이상자가 구매력을 높일 뿐이지 중고가에 끼치는 영향은 미미하기 때문이다.

종이상자를 보관할 때는 종이상자 안에 종이상자를 포개 넣어 최대한 작게 만들자. 어차피 아무 기능도 하지 않는 종이상자다. 각 맞춰 모셔둘 필요가 없다.

전자제품을 자세히 보면 '눈부신 혁신'보다 '약간의 개선'이 압도적으로 많은 걸 알 수 있다. 그 증거가 청소기다. 세상에 나온 지 반세기가 지났거늘 저 혼자 문턱조차 못 넘는다.

YOUTUBE Episode

종이상자도 중고 거래한다

내용물 없이도 거래 가능한 박스는 중고로 판매하기도 한다.

몸 가죽이라고 얼굴 가죽과 다를까?

화장품 이별하기

화장품은 할인 판매를 할 때 여분으로 사 둘 만한 이유가 전혀 없다. 화장품은 일반 생필품처럼 어디서든 쉽게 구할 수 있는 품목 중 하나일 뿐이다. 꼭 화장품 가게를 찾지 않더라도 편의점에서도 구할 수 있고, 시중 약국에서도 구할 수 있다. 그런데도 특가를 보면 충동적으로 사게 된다. 이런 식으로 화장품이 쌓이고, 1+1, 2+1로도 쌓이고, 선물로도 쌓이다 보면, 개봉 순서가 밀려나는 신품이 또 쌓이게 된다. 놀라운 건 이러한 현상이 매우 일반적이라는 점이다. 화장품을 갓 출시한 제품으로 사서 신선할 때 사용하면 아끼다 똥 되는 일도 없을 텐데, 결국 쌓아놓은 화장품은 똥보다도 못한 방법으로 최후를 맞이하게 된다. 똥은 변기에 흘려보내기라도 가능하지 화장품을 그랬다가는 그걸 먹은 생물을 우리가 다시…(생략).

◈ 본격 이별 방법

집에 있는 모든 화장품을 한 장소에 모은다. 당연히 다음 수순은 필요한 것만 골라낸다. 사용하는 게 확실한 화장품은 몇 개를 중복해서 골라내도 상관없다. 다만 용기를 확인해야 사용법을 아는 건 진정 필요한지 두 번, 세 번 자문자답하자. 다음과 같은 화장품은 이별 코너에 분류한다.

- 유통 기한 경과 제품
- 유통 기한 미표시 제품
- 개봉 기한 경과 제품
- 피부 유형과 맞지 않는 성분 제품
- 묻지 마 제조사 제품
- 용기에 먼지 쌓인 제품
- 사용 예정 없는 샘플

이별할 화장품이 정해지면 지인 양도, 가족 양도는 생각하지 말자. 그들도 아마 나 못지않게 곤란한 상황일 가능성이 크다. 양도는 오로지 타인과의 중고 거래, 무료 나눔으로 '상생' 가능한 상황에만 한정하자.

한 번 이별을 결정한 화장품은 풋 크림으로도 재활용하지 말자. 평균 100ml가 넘는 화장품을 풋 크림으로 소비하려면 다시 수개월을 보관해야 한다. 그러니 얼굴에도 못 쓰는 건 몸에도 바르지 말자. 몸이라고 얼굴 가죽과 다르지 않다.

유통 기한이 지난 자외선 차단제는 접착 제거에 쓸 수 있다고는 하나 그전에 잘 생각해 보자. 다른 제거 방법은 얼마든지 있고, 손으로 때를 지운 경험들이 없는 것도 아니다. 유통 기한이 지났다면 모름지기 호흡기를 떼는 게 바람직하다. 화장품류는 의류, 문구류, 책과 달리 버리는 날짜가 명시된 소모품이다. 버리는 기준이 가장 확실하지만, 그 과정은 불편하고 까다롭기만 하다. 남은 내용물은 액체, 고체 할 것 없이 제거해서 버려야 하는데 방법에 통일성마저 없다. 갈수록 화려해지는 복합재질 용기는 재활용도 안 되고, 재활용법에 따라 만들었어도 소각되는 경우가 더 많다. 그런데도 최선은 '남은 내용물 제거하고 폐지에 흡수시킨 후 용기를 분리배출'하는 것이다. 그래야 환경 오염을 예방할 수 있다.

사실 우리가 피부에 바르는 거의 모든 화장품이, 먹으면 위 세척을 해야 하는 물질로 구성되어 있다. 자연에서 추출한 순수 오일만 사용하는 게 아니라면 오가닉을 운운하는 자체가 과장이 섞인 문구라고 봐도 무방하다. 그리고 왜 화장품만 유독 할인 판매를 자주 하는지 생각해 보자. 조금만 관점을 달리해도 충분히 충동 구매를 방지할 수 있다.

최근에는 몇 화장품 회사에서 자사 화장품 공병을 수거하는 매장이 생겨나는 추세다. 버릴 동기가 절실할 때는 직접 발걸음을 옮겨 보자. 발걸음이 헛되지 않을 보너스가 생길지도 모른다.

⚠️ 트리클로산에 주의!

사용 중인 화장품류에 이별을 고민해 볼 제품이 있다. 바로 트리클로산 Triclosan, 트리클로 카반 Triclocarban 이 함유된 제품이다. 항균 및 살균 효과가 있는 이 성분은 이미 여러 부작용이 예견된 물질로서 면역력 저하, 호르몬 교란 외 암 유발 가능성 등이 제기된 상태다.

유럽에서는 일찍이 사용을 제한하고 있고, 국내 식약청에서도 이를 인지하고 있다. 하지만 여러 안전성 논란에도 불구하고 언론에서 잘 다루지도 않고 해당 기관에서 홍보도 잘 하지 않고 있다.

트리클로산은 눈 뜨자마자 쓰는 치약, 야외 활동 전 바르는 체취 제거제, 식후 가글 제품 등에 함유되어 있을지 모르는데, 이름은 돌아서기도 전에 까먹을 정도로 생소하다. 화장품에 사용되는 방부제 파라벤Paraben도 유해성이 보고되고는 있지만, 트리클로산과 다른 점은 파라벤은 아직도 찬반 논쟁 중이라는 거다. 오히려 소량을 넣어야 안전하다는 의견도 있어 소비자가 직접 판단하기 찝찝한 상태다. 반면 트리클로산은 찝찝할 게 없다. 수술 장비 등을 소독할 살균력이 필요 없다면 믿고 걸러도 된다. 오히려 과한 살균은 알레르기에 취약한 신체를 만든다는 보고도 있다.

다른 유사 제품을 재구매할 때는 제품 성분을 꼭 확인하되 트리클로산이 없다고 안심해서는 안 된다. 몇몇 생산자의 눈가림이 밝혀져서다. 이는 아주 꼼꼼하고 주의 깊게 검색해야 분별할 수 있으니 부디 사소하게 넘어가지 않을 것을 당부한다.

미니멀리스트는
소유 물건의 20%로
전체 생활의 80%가 가능한
물건의 파레토 법칙이
적용되지 않는다.

풍경을 작은 화면으로 보는 이상한 사람들

디지털 파일 이별하기

인류는 흔적을 남기려는 습성이 있다. 고대 유적을 처음 발견한 사람이 그 유물에 자기 이름을 낙서한 건 본능에 따른 거였고, 젊은 미켈란젤로가 전시된 본인 작품에 몰래 이름을 새겨넣은 건 흔적을 남기려는 우발적 본능이었다. 현대로 오자 흔적 본능은 디지털 파일로 발전했다. 여기서 집중적으로 다루고자 하는 디지털 파일은 '사진'이다.

디지털카메라의 기능이 휴대전화로 들어가면서부터 인류는 과하게 많은 흔적을 남기고 있다. 일상과 조금이라도 색다른 경험을 하면 일단 사진부터 찍고 본다. 근사한 외식하러 가서는 '식욕'보다 '흔적 본능'이 앞서 나타나고, 여행 중

매일 200회씩 셔터를 누르는 건 무난한 일과가 돼버렸다.

여행 인솔자를 하면 평균 3~4일쯤 됐을 때 손님이 카메라가 고장 났다면서 찾아온다. 그러면서 휴대전화를 봐달라고 내미신다. 나는 익숙한 듯 설정을 확인하여 '저장 공간 없음'을 알려드린다. 해결법을 모르는 분들에게는 저장 용량을 더 확보하게 도와드리기도 하는데, 이때 옛 사진을 지워달라는 경우가 빈번하다. 그 옛 사진은 한눈에도 가족 친목 사진으로 가득하다. 그래도 방금 찍은 꽃 사진이 더 소중한지 언제나 말리고 싶은 선택을 한다. 그리고 일정 마지막 날, 공항으로 향하며 내가 말하는 고정 멘트가 있다.

"비행기 탑승까지 여유가 있으니 대기하시면서 사진 정리도 하시고 추억도 되새겨 보세요."

그다음 멘트는 조금 잔인한 유머를 섞는다.

"어차피 귀국하면 사진 다 안 보시죠?"

2012년 국내에서 일본어 가이드를 할 때, 40대 초반으로 보이는 일본인 부부가 안동 당일 관광을 부탁했다. 미리 말하자면 이런 손님은 처음이었고 지금까지도 없었다. 왠지 앞으로도 없을 것 같다. 내가 이렇게까지 말하는 이유는 그들

세미 패키지 여행 인솔자 업무 현장

여행을 업으로 할 때 겪는 고충을 적나라하게 파헤친 직업 애환기

이 남긴 특별한 인상 때문이다.

보통 안동 당일 관광은 '새벽 6시 소공동 ○○호텔 집합→ 편도 3시간 이동 → 관광 → 점심 → 하회 탈춤 관람 → 편도 3시간 귀환' 이렇게 진행된다. 전날 밤 여독이 남은 여행자들은 차를 타면 곧장 잠드는 게 일반적인데 이 부부는 새벽부터 눈빛이 또렷했다. 오히려 가이드인 내가 졸지 않도록 도와주려 했는지 끊임없이 질문을 쏟아냈다. 가이드 중에서도 말이 특히 많은 나는 이들의 서비스 정신에 힘입어 물 만난 고기처럼 말을 이어갔고, 안동에 도착했을 때는 이미 농담을 주고받을 만큼 서로를 가깝게 느꼈다.

안동 첫 관광지로 하회마을이 내려다보이는 부용대에 올랐다. 모두가 차례로 사진을 찍는 전망대에서 부부에게 사진을 찍어보길 권했다. 그런데 이들은 예의 상이 아닌 진심으로 사진을 사양했다. 그리고 서로의 사진도 찍지 않았다. 이때 잠깐 둘의 관계가 부적절한지 의심하기도 했지만, 이미 눈치가 백 단인 나는 그런 낌새가 아닌 것을 알아챘다. 심지어 안동 찜닭을 그렇게 맛있게 먹으면서도, 하회 탈춤을 즐겁게 보면서도 사진 한 장을 찍지 않았다. 사진은 오로지 딱 한 번, 하회 마을 입구에서 내 성화에 못 이겨 찍었을 뿐 이들은 처음부터 끝까지 모든 걸 눈으로만 담았다. 직업병처럼

'사진 찍어드릴까요?'라고 몇 번을 물어도 돌아오는 대답은 전부 '괜찮아요'였다.

서울로 돌아가는 길에 궁금증을 참을 수 없던 나는 사진을 사양한 이유를 물어봤다. 실례인 걸 알면서도 사적인 질문을 하는 건 그들 정서로도 내 정서로도 드문 일이었다. 부인이 먼저 입을 열었다.

"3.11을 눈앞에서 겪고 삶이 변했어요."

3.11(동일본 대지진)은 당시 불과 1년 전 일이다. 부부가 입은 피해 정도는 자세히 듣지 못했지만, 3.11을 계기로 많은 물건을 버렸다고 말했다. 특히 사진을 소유하지 않겠다는 결의는 내가 직접 목격한 만큼 강했다. 솔직히 말해 남편은 마지못해 동의하는 느낌이었다. 가까운 지인 중에 후쿠시마에서 생사를 오갔다던 친구도 이런 이야기는 하지 않았다. 그래서 내심 괴짜 같다는 생각도 들었다. 이때 내가 그들을 바라본 눈빛을 떠올리면, 지금 나를 괴짜로 보는 눈빛이 어떤 의미인지 십분 공감한다.

현대인은 대부분 디지털 사진 정리가 안 된다. 정리하고 싶어도 많은 양에 질려 엄두조차 안 난다. 노골적으로 표현하면 '오리무중', '자포자기'다. 그래서 계속해서 쌓이고 날짜가 뒤죽박죽 섞이는 일도 발생한다. 저장된 사진 때문에 안

"여러분은 지금 양말이 한 켤레밖에 없는 사람을 만나고 계십니다."
인문학 강연에 초청되었을 때 인사말이다.

쓰게 된 휴대전화를 간직한다는 이야기도 종종 듣는다. 예전 같으면 FHD 화질 영화 100편에 달하는 용량이 휴대전화에 탑재되어 나오는데, 내 친구의 휴대전화 앨범은 이제 생후 15개월 된 아들의 사진으로 가득 찼다.

사진을 현상해서 인화한 채로 보관하던 시절은 한 사람의 긴 유년기를 앨범 하나로 볼 수 있었다. 부모님 세대들은 찰나가 담긴 사진을 가리키며 수십 년간 만나지 못한 인물 이름까지 기억했다. 디지털 시대는 이와 반대다. 휴대전화 앨범에 있는 사람 중 이름을 모르는 사람도 있고, 기억에 없는 장면들도 있다. 사진 찍어 달라는 부탁을 받으면 같은 장면이라도 가로 세로로 두 번 찍어야 매정한 사람으로 불리지 않는다. 여행 파트너끼리 사진 욕심이 과해 의가 상하는 건 흔한 일이고, 셀카 찍다 비명횡사하는 사연은 외신 단골 토픽 중 하나다. 이러한 상황을 풍자라도 하려는지 대만 펑후澎湖 섬을 배경으로 한 《낙포파애정落跑吧愛情》이란 영화에서 주인공은 이런 말을 한다.

> "사람들은 참 이상해요. (생략) 아름다운 풍경을 휴대전화로 찍어서 나중에 작은 화면을 키워 본다니깐요."

내가 미니멀리스트가 되어 홀가분한 상태가 되었을 때도 유일하게 사진 정리는 끝나지 않았다. 사진 정리는 정말 끝이 보일 듯 안 보인다. 틈날 때마다 사진을 지워도 어디선가 또 지울 사진이 나타난다. 미래의 내가 이렇게 힘겨울 걸 알았더라면 과거의 나는 사진 찍기를 남발하지 않았을 거다. 음식과 사람을 번갈아 찍지 않았을 거고, 정체 모를 동상 사진도 찍지 않았을 거다. 처음에는 1년 안에 사진을 정리할 결심으로 유료 클라우드를 결제했다. 그 결심은 4년이 흘러 여전히 진행 중이다. 사진 정리가 유독 오래 걸리는 이유는 사진 속 이야기에 빨려 들어가서 그렇다. 어떤 사진은 폭풍 같은 기억이 휘몰아치면서 종일 회상에 젖을 때도 있다. 특히 고인들의 사진을 발견할 때면 그들을 잊고 지냈던 자신이 크게 실망스러웠다.

사진 정리는 내 미니멀 라이프 평생의 숙원이다. 앞으로 찍을 사진도 계속해서 정리해야만 한다. 그나마 희망적인 것은 지금은 정리하는 습관이 생겼다는 거다. 지난 주에 찍은 사진을 이번 주까지 버려두는 일도 사라졌다. 내가 사진을 정리할 때 사용하는 방법은 다음과 같다.

◈ 본격 이별 방법

- 못 봐줄 정도로 흔들린 사진 삭제

- 초점 안 맞는 사진 삭제

- 불필요한 음식 사진 삭제

- 중복된 사진은 가장 잘 나온 사진만 보관

- 검색 가능한 스크린 샷 삭제

- 봐도 기억 안 나고, 지금부터라도 기억할 필요 없는 사진 삭제

- 한 장에 많은 장면이 떠오르는 사진을 제외한 비슷한 다른 사진 삭제

나는 위의 방법으로 사진을 정리했고, 정리하는 동안 놀라운 변화가 일어났다. 카메라 메모리, 휴대전화 용량 확보는 당연지사, 정리된 사진을 년/월/장소별로 세분화했더니 기억의 파편이 떠오를 때마다 장면 장면을 바로 찾을 수 있게 되었다. 생전 할머니께서 차려준 밥상 사진도 바로 꺼내 볼 수 있고, 할머니의 육성도 바로 들을 수 있다. 먼저 간 친구가 생각나면 언제든 사진을 띄워 고인을 추억할 수 있게 되었다. 최근 젊은 나이로 세상을 떠난 은아 누나 부고 소식을 들었을 때는 멀리서나마 고인의 사진을 띄워놓고 명복을 빌어드릴 수 있었다.

현재 정리되는 앨범을 보면서 삭제한 사진이 아깝다는 생각은 안 든다. 오히려 남겨진 사진을 더 소중하게 감상할 수 있어서 감사한 마음이 든다. 나날이 깔끔해지는 앨범을 볼 때마다 굳게 다짐한다.

앞으로는 디지털의 이중성을 철저히 경계하리라!

⚠️ 이별 전에 잠깐!

물건은 한 번 떠나보내도 같은 물건을 다시 들이는 것이

가능하기도 하지만, 사진은 그렇지가 않다. 같은 사진을 다시 찍을 수 있다는 보장이 거의 없다. 그러니 지우기 어려운 사진이 있다면 갈등하지 말고 보관하면 된다. 반대로 언제든 찍을 수 있는 사진은 찰나의 순간만 남길 것을 권해 본다.

지진으로 집을 잃고 깨달았다.
집에 있는 물건은 대부분
필요 없는 것들이었다.
잃어도 곤란하지 않은 것들이었다.
인생에서 최대한 원점으로
돌아가고 나서야
정말 중요한 게 뭔지 깨달았다.

-일본 지진 피해자 인터뷰 中-

뭐든 버리지 않는 미니멀리스트

추억의 물건 이별하기

아내의 오랜 지인이자 자칭 맥시멀리스트 N이 이느 날 문득 기운 빠진 얼굴로 나타나서는 물건 고민을 털어놨다(미니멀리스트로 살다 보면 이런 고민을 자주 듣는다). 그가 말하기를 쉰 살을 앞두고 미니멀리즘을 시도하였으나 추억이 깃든 물건은 하나도 이별하지 못했다는 거다. 그래서 애초에 이별을 생각했던 물건도 전부 그대로임을 푸념했다. 이때 나도 아내도 같은 질문을 던졌다.

"반대로 지금까지 네가 선물한 물건이 버려지면 실망할 거 같아?"

N이 대답했다.

"아니 전혀! 전혀 안 그래. 하지만 내가 받은 건 못 버리겠어…"

예상했던 답변이다. 이 답변은 나를 비롯한 누구에게 물어도 다른 유형이 나오지 않는다. 마치 수학 공식과도 같은 불변의 답변이다. 다시 말해, 받은 물건 중 안 쓰는 물건은 상대의 실망하는 얼굴을 떠올리지 않고 이별해도 된다는 뜻이다. 오히려 감사한 마음을 담아 이별하면 상대 역시 감사한 마음으로 동의할 것이다. 모든 미니멀리즘 관련 책에서 입을 모아 말한다.

가장 어려운 이별은 추억의 물건이라고!

앞선 물건의 처분을 '이별'로 표현한 것이 단순히 '처분, 버리다'를 부드럽게 순화한 표현이었다면, 추억이 깃든 물건은 진정한 의미의 '이별'이라고 할 수 있다. 추억의 물건 때문에 미니멀 라이프를 그만두는 사연은 너무나도 흔해서 다르게는 '미니멀리즘 끝판왕'이라고도 부른다. 그래서 이별의 시작 단계에서는 절대 권하지 않으며, 이 책에서도 순서를 고려하여 배치했다.

내가 본격적으로 '필요 최소주의'를 결정했을 때, '버리는

데 쉽고 어려운 건 없다'라고 생각했다. 내 과정을 보면 안 쓰는 주방용품을 양도하는 도중 안 입는 옷과 이별했고, 책을 처분하면서 오래된 카메라를 팔았다. 계획도 체계도 없이 그저 본능에 따라 줄여나갔을 뿐이다. 그렇게 홀가분해지는 한편, 남겨진 물건을 보며 말로 형용하지 못할 막막함이 느껴졌다. 이 막막함은 '한계'에 가까운 느낌이었다.

전자 기타, 작곡 음반, 데모 음반, 필름 사진, 액자 사진, 친구의 유품, 독자님 손 그림, 해외에서 온 연하장, 산티아고 순례 증서, 대만 어학연수 졸업장, 대만에서 가져온 고장난 자전거, 인도에서 가져온 냄비…. 이별을 앞둔 추억의 물건이었다.

이제 이 물건들과 이별하면 내 생활·경제 활동에 필요한 최소한의 물건만 남게 된다. 뚜렷한 목표 지점이 눈앞까지 다가왔는데 선뜻 실행할 용기가 안 났다. 이별을 생각할 때마다 물건에 얽힌 사연들이 떠오르면서 실연에 버금가는 아픔이 느껴졌다.

'아…. 이렇게까지 해야 하나?'
'그냥 다 끌어안고 살면 안 되나?'
'다들 이 정도는 소유하고 살잖아!'

추억의 물건 현실과 이상 저울

추억의 물건 간직
죄책감×
현실 외면○
물건 공간 유지비○
여행 귀국 의무○
직업 선택 자유도△

추억의 물건 이별
죄책감○
현실 외면×
물건 공간 유지비×
여행 귀국 의무×
직업 선택 자유도○

스스로 설득하려는 시도가 끊이지 않았다. 데모 음반은 20년 가까이 꺼낸 적이 없는 데다 다른 물건 역시 필요하지 않은 걸 알면서도 이별할 수 없었다. 골백번을 다시 생각해도 아니, 그보다 더 천 번을 다시 생각해도 필요하지 않은 걸 알았다. 이렇게까지 답이 뻔하면서 힘겨운 선택은 처음이었다. 그래서 매일 '현실'과 '이상'을 저울질하는 취사 선택을 반복했다. 저울 오른쪽에 적어 놨듯, 물건을 버리는 죄책감을 느껴도 현실을 외면하기 싫었고, 물건 공간 유지비를 내가며 여행하고 싶지 않았다. 그리고 자유로운 직업을 내 의지대로 선택하고 싶었다. 이윽고 나는 '더 나은 현실'을 갈구하는 '이상'에 집중하여 추억의 물건과 마침표를 찍었다. '물질'이 아닌 '경험'을 간직하는 미니멀리스트가 되고 나자, 타인이 대리 만족을 고백할 만큼 자유로워졌다. 이런 변화는 예상을 훨씬 뛰어넘는 결과다. 특히 '내가 나를 믿는 것이 내 노후 대비다'라고 떠벌리는 패기와 환경 보호를 진지하게 의

겨울에는 각자 배낭 하나만 메고 장기 여행을 떠나는 부부. 미니멀리스트가 되고 나서 아내와 금슬이 더 좋아졌다. 아내는 늘 남편이 허세를 버리고 사람으로서 무르익기를 바랐다.

산티아고 순례 증서,
대만 어학연수 졸업장은 불에 태웠다.

물건을 정리하며 오랫동안 꺼내지 않은 서류들은 전부 소각했다.
소각한 서류 중에는 산티아고 순례길 완주증 5회분과 대만 어학연수 졸업장,
검정고시 졸업장 등이 있다. 주변에서 아깝다는 반응이 난무하는 가운데
당사자의 심경은 대단히 평화로웠다.

식하게 된 건 한 사람이 거둔 미니멀리즘 최대 수확이라 말할 만하다.

◈ 본격 이별 방법

물건의 성질에 따른 이별 방식은 제각각 다르다. 중고 거래, 무료 나눔, 양도, 처분, 분리수거 등으로 앞선 지혜를 발휘해 이별하되, 가끔이라도 추억을 꺼내려면 사진을 찍어 두는 것이 좋다. 아주 간단한 듯하면서도 여러 말 할 것 없이 현실적인 방법이다. 이별 의지를 스스로 확인하고 싶다면 도표를 그려 취사 선택을 반복해 보는 것도 괜찮다.

잠고로 미니멀리스트가 되기 위해 벼룩시장에 참가하는 것은 좋은 선례가 적다. 물건 값을 억지로 깎아야 하는 스트레스도 따르고, 참가자가 다른 참가자의 물건을 살 확률도 높아서 그렇기도 하다. 반대로 내 물건만 헐값에 팔고 깔끔하게 빠질 수 있다면 벼룩시장만 한 이별 창구도 없다고 할 수 있겠다(벼룩 시장 행사 성격에 따라 참가비 발생).

⚠ 추억의 물건 이별은 절대 무리하지 말 것!

결국 N은 어느 것 하나 이별하지 못하고 있다. 여전히 이별할 생각만 있는 상태다. 그렇다면 무리할 필요 없이 이별 계획을 미루는 것이 낫다. 훗날 결심이 설 때 이별해도 되고, 소유가 행복으로 느껴진다면 굳이 이별하지 않아도 된다.

내 경우 몇 백만 원짜리 물건이 필요 없어지자 미련 없이 이별했다. 그런데 벼룩시장에서 200원 주고 산 곰 인형은 이별하지 못했다. 주운 천 쪼가리로 만든 손가락 인형도 마찬가지다. 다 큰 어른에게 인형이 필요 없다고 말한들 나에게는 무섭게 행동하는 인간보다 인형이 더 각별한 존재다. 모든 소지품 중 유일하게 추상적인 기능을 할지라도 이별할 마음이 없다. 미니멀리스트는 뭐든 버리는 사람이 아니다.

이별 물건 체크 리스트

- 지나간 달력·쿠폰·전단·포스터
- 혜택 기회가 까마득한 포인트 카드
- 불필요한 영수증
- 선전용 우편물
- 안 읽는 교육서
- 먼지 쌓인 관광 기념품·장식품
- 감흥 없는 트로피
- 오래된 의약품·건강 보조제
- 오래된 화장품·샘플 화장품
- 편의점에서 챙겨 온 일회용품
- 패스트푸드점에서 챙겨 온 소스류
- 스틱 설탕
- 쌓여만 가는 종이상자·비닐봉지·종이봉투
- 잉크가 굳은 필기구
- 오랜 세월 전원이 꺼진 전자제품
- 오랜 세월 방치된 의류와 장신구
- 용도가 겹치는 가방
- 한 번도 안 쓴 전자제품 부속 장치
- 정체를 알 수 없는 전선
- 잔량 확인이 안 되는 건전지

- 고장 난 우산
- 녹슨 공구·녹슨 못·녹슨 나사
- 결로 피해로 변형된 물건
- 물곰팡이 핀 세면도구·청소 도구
- 흑곰팡이 핀 욕실용품
- 변기 물탱크 위에 방치된 물건
- 이 나간 식기류
- 필요 이상의 물통·보온병·수저류
- 안 쓰는 일회용 플라스틱 용기
- 맞는 뚜껑이 없는 반찬통
- 필요 이상의 침구류
- 필요 이상의 거울·빗·헤어용품
- 파손된 옷걸이·휘어진 옷걸이
- 깨진 빨래집게(다칠 위험 있음)
- 물건이 쌓여 사용할 수 없는 가구
- 한 달에 한 번도 들지 않는 아령
- 사진으로 보관 가능한 편지류, 메모류
- 존재를 잊고 있던 디지털 파일
- 고정 관념

물건을 최소한으로
필요한 만큼만 소유한 이후로
물물교환할 수 없어졌다.
내 물건이 아쉬워서가 아니라
다른 이의 물건이 필요 없어서다.

3장

미니멀리스트 유랑기

책임을 다해 매듭짓는 소유도 미니멀리즘이다

소유가 가져다주는 행복

얼마 전 처가 옆 마을 타키초^{多気町}에서 안타까운 소식이 들려 왔다. 혼자가 된 '재즈 할아버지'가 입원했다는 소식이다. 들리는 말에 의하면 남은 시간이 그리 길지 않다고 한다. 나도 아내와 함께 만나 뵈었던 분이라 작별 인사라도 드리고 싶지만, 상황이 발길을 허락하지 않는다. 그 상황이란 말해 무엇하나. 코로나19 팬데믹으로 인한 사회적 거리 두기 때문.

처음 재즈 할아버지를 만난 건 앞서 나온 친구 N의 소개였다. N이 친구네 집에 놀러 가자고 해서 아무렇지 않게 따라갔는데 그 친구가 80대 어르신인 건 몰랐다(외국에서 가끔 겪는 일이다). 소문으로만 듣던 재즈 할아버지와의 첫 만남이었다. 할아버지 집에 들어서는 순간 왜 '재즈'라는 명칭이 붙었는지 알 수 있었다. 노견과 함께 살던 2층 고택은 현관 분위기부터 범상치 않더니 집안 곳곳이 재즈 레코드 진열장으로 가득했다. 이 모든 걸 한 사람이 수집했다고 하기에는 예사로운 양이 아니었다. 2층 음악 감상실 문을 열었을 때는 타임머신을 타고 최소 반세기 전으로 돌아간 착각이 들었다. 파이프 담배에 그을린 것 말고는 축음기 상태마저 완벽했다. 과장 하나 안 보태고 현판만 달면 재즈 박물관이라 해도 믿을 정도였다.

　그렇게 주인의 애정이 듬뿍 담긴 고택은 애석하게도 레코드 바늘이 멈춘 채 비어 있는 상태. 재즈 할아버지는 굳어가는 몸으로 병원에 누워 계시고, 입원 바로 직전 노견이 숨졌다. 주변 사람들은 이 시차를 반려견의 배려라고 말한다. N은 재즈 할아버지에게 작별 전화를 받았다고 하는데, 늙은이가 입이 살아 있을 때 전화했다며 농을 하셨다고 한다. 생을 바쳐 수집한 물건에 대해서는 직접 책임지고 '가져가 줄 사람'을 찾았다고 한다. 처음에는 이 표현이 의아하다가 곧바로 이해했다. '가져가 줄 사람'이란 '양수인'이 아닌 '수거인'을 뜻하는 것이었고, 값을 따지지 않았다는 것을. N도 나도 아내도 서로 다른 뜻의 '아깝다'라는 반응이 앞서다가 다음 말에 천천히 고개를 끄덕였다.

"그것들을 소유하는 동안 행복했어"

이 짧은 문장이 뇌리에서 떠나지 않았다. 나는 이때까지만 해도 '소유'와 '행복'을 연관해 보지 않았다. 오히려 적게 소유할수록 자유롭고, 그것이 또 다른 행복으로 이어진다고 믿어 왔다. 나의 미니멀리즘은 주관적인 경험이 압도적이면서도 퍽 객관성을 띤 것처럼 말해왔다. 그런데 소유해서 행복한 사람의 이야기를 듣고 나니 돌연 부끄러움이 몰려왔다. 나는 그동안 다른 사람의 행복을 줄이라고 말했던 건 아닌지, 떳떳한 소유를 부정해왔던 건 아닌지 혼란스럽기까지 했다.

우연히 독자님을 마주치면 대개는 반가워 하는데, 갑자기 미니멀 라이프를 실천하지 못했다며 자기 변호를 하는 분도 있다. 확률로 치면 10%는 되는 거 같다. 북 콘서트를 했을 때도 자기 변호를 하는 독자가 비슷한 정도로 있었다. 공통적으로는 나에게 혼날 것을 걱정하셨는지 먼저 과소유를 자백하고 반성한다. 신기한 건 나는 혼낼 생각도 없고 그런 대화를 끌어낸 것도 아니라는 거다. 그런데도 마치 고해성사하듯 고백하고 반성하는 분들을 마주할 때면 괜스레 송구스러운 마음이 들면서 어떤 말을 건네야 할지 모르겠다.

　나는 그저 소유를 줄였더니 많은 부분이 달라졌다고 말하고 싶었을 뿐이다. 그런데 이런 결과를 초래했다는 건 자의식이 지나쳐 혼자 질주했다는 건 아닐까. 오히려 뉘우쳐야 할 건 나였을지 모른다. 나는 속으로만 인정하고 있던 말 한 가지를 한 번도 꺼내지 않고 지내 왔다. 매번 '필요 최소주의'라는 차가운 표현만 미니멀리즘이라고 말해 왔다면 이제는 따스한 속말을 꼭 덧붙이고 싶다.

　책임을 다해 매듭짓는 소유 역시 미니멀리즘이다.
　그리고 미니멀리스트는 뭐든 다 버리는 사람이 아니다.

어느 날 친구가 말했다.
"너는 결벽증이 있다는
유명인과 비슷해.
그 사람들도 틈만 나면
먼지를 닦는대."

"글쎄…. 뭐가 비슷하다는 거지?
나는 틈만 나면 손때를 닦는데."

사계절 내내 옷 열 벌로 사는 미니멀리스트

동묘에서 밀라노까지

기성복 천지인데 희한하게 겹치는 옷이 없는 동묘 구제 물품 시장. 어딘지 모르게 세련돼 보이는 외국어 라벨이 붙은 것은 뭘 고르든 예상가 그 이하! 이 맛에 묘한 쾌감을 느껴 동묘를 갈 때마다 옷을 샀다. 아니, 옷을 사러 동묘에 갔다.

이렇게 뒤지고 뒤져서 싸게 산 옷은 상태가 나빠도, 재질이 까끌까끌해도 불만 따위 없었다. 옷을 입으며 실밥이 손에 걸려 인상을 쓰다가도 가격을 떠올리면 전부 용서할 수 있었다. 이런 식으로 너그러워지다 보니 어느덧 내 옷장은 좀약 냄새로 가득한 동묘 컬렉션이 돼버렸다. 20대 초반 때 이야기다.

매주 국제선을 타던 일본 가이드 성수기 시절. 현지인도 자주 못 가는 유명 놀이동산을 평균 일주일에 한 번, 잦을 때는 두 번씩 갔다. 물론 단체 손님과 일로 간 거지만, 지금 생각해도 놀라운 건 내가 놀이동산에서 하는 일이라고는 배웅밖에 없는데도 하루 일당이 나왔다는 거다. 그것도 온전히 말이다. 게다가 식비까지 청구 가능해서 이날만큼은 자다가 공돈이 생긴 기분이었다. 이렇게 번 돈은 전부 옷을 사는 데 소비했다.

백화점에 가서 응대하는 분이 좋으면 옷을 샀고, 잡지에 멋진 옷이 나오면 그날 바로 검색하여 주문했다. 전신을 수백만 원대 옷으로 꾸미는 동안 신용카드 마일리지가 쌓여 공짜 비행기를 타기도 했다. 비싼 옷을 사면 살수록 배고프게 음악했던 시절에 복수라도 한 것처럼 후련했다. 그래서 예전에 못 샀던 브랜드의 옷을 일부러 사 버리는 '열등감 보상 지출'을 했다. 30대 초반 때 이야기다.

이렇게 내가 좋아하는 옷만 소유한 미니멀리스트가 되었다. 한 시즌을 여행 인솔자로 근무하던 도중, 복식이 지정(Dress Code)된 곳으로 출장을 가게 됐다. 흰색 복식이 지정된 날, 흰 상의에 청바지가 무난하겠다는 생각이 들었다. 당시 청바지가 한 벌도 없던 나는 새로 살 예산으로 100만 원을

일본 크루즈 인솔자 시절 항구에서(2018년).

책정했다.

'청바지 한 벌에 100만 원?'

동묘에서 옷을 살 때는 상상도 못 하던 금액이다. 이 금액에는 내 나름 합리적인 기준이 있었다. 당시 내 또래 사회인의 옷장 속 청바지를 다 합치면 100만 원어치는 되지 않을까 짐작한 기준이다. 이걸 검증하기 위해 여러 사람에게 물어봐도 100만 원은 될 것 같다는 답변이 평균이었다. 그리하여 구매한 청바지는 단돈 20만 원짜리! 100만 원이라는 예산을 한참 밑돈 단돈 20만 원!

먼저 바지를 고르고 나중에 가격을 봐서 그런지 20만 원을 쓰고도 80만 원을 이득 본 느낌이었다. 기상천외한 셈법을 하는 자신이 엉뚱하게 느껴졌지만, 옷을 한 번 사면 최소 100번은 입기 때문에 경제적이라고 생각했다.

청바지를 구매하고 나서는 밀라노 출장이 잦았다. 밀라노는 이른바 패션의 메카답게 명품 판매장이 젤라토 판매장만큼 흔했다. 농담 반 진담 반으로 번화가에서 어깨 스치는 사람은 죄다 명품을 입고 있었다. 철 지난 이탈리아산 명품 의류값은 놀라울 정도로 합리적이어서 그저 그런 옷을 살 바에 명품을 사는 게 더 저렴할 정도였다. 나도 필요한 옷은 밀라노에서 고르게 되었다. 자연스레 명품도 소유하게 되었고, 세계적으로 유명한 디자이너의 콜라보 제품은 밀라노를 갈 때마다 목격했다.

명품을 입으면 필연적으로 눈이 높아질 줄 알았는데 실상은 정반대였다. 명품이라고, 옷이 고가라고 절대 내구성이 좋은 게 아니었다. 오히려 가격 대비 실망스러운 부분이 더 많았다. 또한, 명품을 입은 자신이 한 번도 품격 있게 느껴지지 않았다. 결국에는 '동묘'나 '밀라노'나 다 비슷한 껍데기라는 회의가 들 때 아내가 충격 선언을 했다.

"앞으로는 새 옷을 사지 않도록 노력할 거야."

이 말은 패션 업계의 성장을 막아서는 발언이자 구태여 헌 옷을 고르겠다는 선언이었다. 사실 처음에는 의도를 잘 몰랐다. 부부라고 마냥 동의하기에는 지식이 부족했다. 그러나 곧 동참할 수밖에 없었다. 인구 70억 명인 지구에서 매년 1천억 벌의 옷이 생산돼, 그 해 330억 벌이 버려진다는 사실과 반소매 셔츠 한 장 만드는데 한 사람이 3년 동안 마실 수 있는 물이 필요하다는 사실은, 한때 통 큰 예산을 정하고 자만하던 시간을 부끄럽게 만들었다.

현재 내가 소유한 옷은 4~10벌을 오간다. '알고 보니 한 계절 당', '잠옷은 별도'와 같은 말장난이 아닌 실제 사계절을 지내는 옷의 개수다. 코로나로 일을 쉬면서 옷을 재정비하다 보니 의도치 않게 이렇게만 남았다. 이중 절반 이상을 헌 옷으로 구매했고, 가지고 있던 옷은 대부분 팔았다. 앞으로 어떤 활동을 하느냐에 따라 옷의 개수를 늘고 줄겠지만, 결과적으로 지금의 옷 개수는 전혀 불편하지 않다. 오히려 위생을 더 신경 쓰면서 성실하게 손빨래하게 되었다. 빨랫감이 쌓이지 않으니 속살도 거주지도 쾌적하게 변했다. 이렇게 지내는 동안 옷에 관한 의문이 들기 시작했다. 옷장이 미어터질 때는 입을 옷이 없었는데 지금은 전혀 그런 고민을 하지 않는다는 거다. 오히려 헌 옷으로 꾸미는 용모가 더 당당해지면서 자존감도 유지됐다. 한 장뿐인 반소매 옷은 예전에 고르던 금액대에서 '0'이 두 자리나 빠졌는데도 만족도는 변함없었다. 그래서 나도 아내를 따라 선언했다.

"앞으로는 새 옷을 사지 않도록 노력할 거야.
그리고 내면이 명품이 되도록 노력할 거야."

30대 후반 오늘날의 이야기다.

더는 여행지에서 입던 옷을 버리고
새 옷을 사지 않는다.
내 옷은 원정 가서 버릴 정도로
형편없지 않다.

사계절 내내 옷 4~10벌로 사는 미니멀리스트

옷 최대 10벌은 한 사람이 살아가는데 부족하지 않았다.
오히려 충분한 그 이상이며, 이 중에서도 안 입는 옷이 생긴다.

그때 미니멀리스트가
아니었다면?

국제 특송보다 먼저 국경을 넘은 학생

결혼 5년 차에 인생 처음으로 구한 달동네 전셋집. 대한민국의 손꼽히는 번화가이자 여행사가 몰린 종로구까지 30분이면 가는 입지, 보증금 1,500만 원, 난방은 연탄 아니면 기름 보일러, 전망은 북한산 파노라마.

한때 동남아 오지를 누비며 다양한 원시 생존에 영감받은 우리는 성북구 정릉에 임시 거주지를 마련했다. 외국에 나가더라도 집세 부담은 없으면서 생존 긴장감을 유지하기 알맞다고 판단해서다. 주소는 분명 서울이 맞는데, 새벽마다 앞집 닭의 울음이 귓가에서 메아리쳤다. 집은 달과 가까워서 그런지 여름에도 늘 서늘했다. 폭염으로 나라가 들끓어도 집

집 뒷마당.

집 현관.

집 앞마당 텃밭(2015년).

에서는 땀 한 방울 나지 않았다.

집 일대에 도시가스가 들어오지 않아 목욕물은 화목 난로에 끓여 썼다. 처음에는 도끼질을 하다가 정강이를 부술 뻔하기도 했지만, 나중에는 젖은 장작도 태울 수 있는 인간 불쏘시개가 됐다. 당시 유효했던 신혼부부 전세 자금을 대출받으면 도시가스가 있는 빌라에 사는 것도 가능했다. 다만 거기까지 무리할 이유가 없었다. 특히 아내의 뜻이 그랬다.

우리 집이 조금 불편한 게 있다면 택배는 속세(!)로 내려가서 받아야 한다거나, 가장 가까운 시장까지 5,000보를 걸어야 했던 정도다. 다시 말하지만, 주소는 분명 서울이 맞다. 그런데도 인터넷을 개통하는데 '개통을 시켜드리기로 했다'라는 이상한 소리를 들어야 했다. 이런 환경을 용하게 찾은 덕분인지, 억대 집에 사는 부부가 한여름에 납량 체험을 하러 왔고 아파트를 소유한 친구는 이 집을 별장처럼 드나들었다.

실내와 실외의 온도가 똑같다고 느껴진 대설 즈음. 살을에는 추위에 몸이 움츠러들 때마다 참고 버티는 시간이 아깝게 느껴졌다. 우리는 방금까지 밥이 올라왔던 교자상을 땔감으로 쓰고 따스한 대만으로 날아갔다. 그 후로도 매년 공기가 차가워지면 서식지를 옮기는 철새 놀이를 이어갔다. 늦봄부터 늦가을까지는 짠내 나게 일하고 겨울에는 동남아에서 땀내 나게 보냈다. 한 번 짐을 싸면 계절이 바뀌고야 본 서식지로 돌아왔는데, 날갯짓은 갈수록 가벼워져서 저가 항공을 더 저가로 이용하는 게 당연했다.

태국 항공권이 저렴하면 똠얌꿍을 먹으러 날아갔고, 베트남 항공권이 저렴하면 쌀국수를 먹으러 날아갔다. 한번 떠날때 항공료는 평균 편도 10만 원 정도였다. 다들 어떻게 그렇

"저기 보이는 초고층 빌딩 꼭대기와 우리 집 높이가 똑같구나.
그럼 더 위로 갈 필요가 없겠네."

게 싸게 비행기를 타느냐는 질문을 많이 하는데, 그 비결은 멋쩍을 정도로 간단하다. 날짜를 고르고 항공권을 사는 게 아니라, 가격을 보고 날짜를 고르면 된다. 외국으로 나간다고 해서 국내 생활비 이상 쓸 일은 없었다. 현지에서 꼭 사야 할 물건도 꼭 사와야 할 물건도 없었다. 흔히 한창 경제적으로나 사회적으로 기반을 다질 30대에 춥다고 일을 쉰 건 주체적인 생존 방식이었다. 계절을 골라 편안한 곳에서 지내는 것이 돈을 더 버는 가치보다 중요했다. 이렇게 살아도 가세한번 기울지 않았고 줄어드는 잔액을 보며 불안하지 않았다.

미니멀리스트 전후 비교표

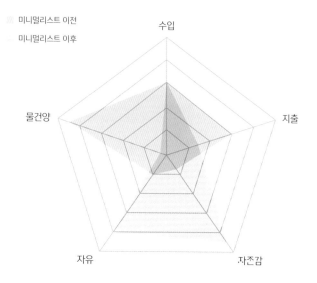

수입

지출

물건양

자존감

자유

싱가포르 출장을 마치고 귀국편을 기다릴 때였다. 여행사로부터 느닷없이 출장 취소 통보가 날아왔다. 다음 달까지 쉬는 날 없이 빼곡하던 출장이 한순간에 백지로 변했다. 통보한 담당자는 몇 번이고 사과한다는 연락을 해왔지만 나는 한 번도 책망하지 않았다. 전적으로 그의 결정이 아니었기 때문이다. 이런 사정에 이른 배경에는 불쾌하고 불편한 뒷

작업이 있었다. 아니다, 공공연히 진행되던 일이니 '덫'이라고 표현하는 게 맞겠다. 세상사가 내 뜻대로 되지 않듯, 모든 조직 관계가 평화롭지만은 않다. 특히 사람이 많을수록 관계는 더 복잡해진다.

나에게 일을 의뢰하던 여행사에는 청개구리로 소문난 인솔자가 있었는데, 손님들의 컴플레인이 잦다 못해 손님들이 여행을 거부하는 사태에 이르자 근신 성격의 출장 보류 처분이 내려졌다. 회사 입장에서는 정당한 조치였다. 그러자 일이 끊긴 청개구리는 다른 동료를 끌어들여 함께 현장에 나간 적도 없는 나를 험담하고 다녔다. 수많은 양심 제보를 통해 안 사실이다.

나는 굳이 반응하지 않았다. 그런 천민 근성에 반응할 시간이 있으면 차라리 다른 건설적인 생각을 하는 게 낫다고 생각했다. 하지만 내 딴에는 무시하는 것이 자상한 대처라고 생각하던 사이, 이들은 나를 몰아낼 증거를 날조했다. 그리고 유착 관계에 있던 윗선을 회유하여 내 출장을 전부 가로채 갔다. 처음 출장 취소 통보를 받았을 때는 당혹함을 감출 수 없었다. 이 당혹함은 수입이 끊긴 막막함이 아니었다. 정확히는 나와 함께 일하던 사람들이 보는 눈이 없는 것에 대한 '걱정'이었다. 그다음은 주먹이 쥐어지는 반가움이 몰려왔

도착 후 한동안 지냈던 대만 게스트하우스 다인실. 어차피 짐도 없겠다, 잠만 잘 거라 90×200cm 공간만 있어도 지낼 만했다. 어학당에 입학하고 얼마 후에는 현지인 집에서 홈스테이를 시작했다. 새벽 5시에 일어나서 왕복 3시간을 통학하는 무리수를 두기는 했지만, 완벽한 언어 환경 덕에 재깍 귀가 트였다.

타이페이 시지안 대학實踐大學 어학당(2017년).
남편의 어학연수를 신뢰해 준 아내에게 보답하는 마음으로 공부를 단 하루도 게을리하지 않았다. 이때 너무 미련하게 오래 앉아 있던 나머지 사타구니 습진을 앓기도 했다.

다. 그동안 상상만 하던 일을 타의로 실현할 기회가 생긴 것이다.

싱가포르를 떠나 백수의 몸으로 인천에 도착하여 일본에 있던 아내에게 연락했다. 자초지종을 설명하고 다음 날 다시 비행기에 올랐다. 목적지는 일본이 아닌 대만 타이페이臺北였다. 입국하는 순간부터 나의 신분은 3개월 어학연수를 온 학생이다. 이 모든 과정은 인천 도착 22시간 안에 이뤄졌다. 시간이 촉박하기는 했어도 따로 준비할 건 없었다. 전년보다 조금 일찍 누전 차단기를 내리고 보따리 하나 챙긴 게 끝이었다. 판단을 잘못한 게 있다면 입학 서류 없이 어학당에 도착한 정도였다.

'누가 한국에서 보낸 국제 특송보다
일찍 도착할 줄 알았겠어?'

내가 미니멀리스트가 아니었다면, 우리 부부가 돈을 경험에 쓰지 않았더라면, 서울에서 나무꾼이 되려고 했을까? 대답은 절대 '아니다'다. 아마 물건이 가족 행세하는 집에 살면서 더 큰 집 마련을 위해 현재를 희생했을 것이다.

내가 미니멀리스트가 아니었다면, 우리 부부가 돈을 경

험에 쓰지 않았더라면, 어학연수라는 태세 전환이 가능했을까? 이 대답도 절대 '아니다'다. 인천에 도착하자마자 여행사를 노동청에 신고하고 나를 흠집 낸 자들에게 뿌린 대로 거두는 대응을 펼쳤을 것이다. 당연히 어학연수는 더 먼 미래에나 가능한 이야기였다. 물질 만능주의가 어찌 마련한 수입원인데 제 발로 물러났겠는가?

이때는 이미 돈을 물건이 아닌 경험에 쓸 때였다. 살기 위해 일할 뿐 사기 위한 노동은 없었다.

돈을 물건이 아닌 경험에 쓰는 순간부터
우리는 큰돈이 필요하지 않았다.

사기 위해 일할 때는
삶이 휑했다.
살기 위해 일하자
삶이 환해졌다.

위기 앞의 리얼리스트

베트남 하노이에서 태국 치앙콩까지

2020.02.25

고로나19 팬데믹 초기에 태국에 있던 우리는 삼 일 뒤 예정된 베트남행을 포기했다. 여유를 두고 신청한 관광 비자가 이날까지 승인되지 않아서다.

2020.02.26

전날까지 승인이 안 나던 베트남행 비자가 극적으로 승인됐다. 예전에도 비슷한 일이 여러 번 있었지만 승인이 날 때까지 이렇게 오래 걸리기는 처음이다. 우리는 비자가 나온 안도감과 함께 코로나19 팬데믹이 곧 끝나리라는 길조를 예감했다. 그렇지 않고서야 비자가 승인될 리 없다고 해석했기 때문이다.

2020.02.28

태국을 떠나 베트남 하노이에 도착했다. 이때는 평소처럼 국제선이 운항할 때라 체온만 정상이면 누구나 비행기에 탈 수 있었다. 그런데 우리가 하노이에 도착한 지 불과 몇 시간 만에 입국자들이 격리 시설에 억류되더니 갑자기 나라 전체에 심각한 분위기가 감돌기 시작했다. 다음날 정부 발표에 의하면 이날은 한국인 관광객이 베트남에 입국할 수 있던 마지막 날이었다.

2020.02.29~2020.08.17

베트남 정부가 국제선 착륙 공항을 변경하는 바람에, 오전에 한국에서 출발한 하노이행 비행기가 회항하는 사건이 발생했다. 이 사건은 하루아침에 양국의 악감정을 촉발하는 계기가 됐다. 이 시기에 베트남에 있다는 것은 '간 일부를 배 밖으로 내놓은 것과 같은 심경'이었다. 그리고 며칠 후 도시 전체에 강력한 거리 두기 명령이 내려지면서, 늘 엔진 소음으로 가득했던 하노이에 처음으로 바이크의 엔진 소리가 사

하노이 북미 정상회담이 열린 메트로폴 호텔 앞(2019년).

라졌다. 우연히 마주친 북미 정상회담 때도 같은 장소에 있었지만 절대 이 정도는 아니었다.

한번은 식량을 구하러 슈퍼에 갔다가 빈손으로 돌아와야 했다. 가득 차 있어야 할 식료품 매대가 황량하게 비어 생수조차 살 수 없었다. 슈퍼에 남은 거라고는 먹을 수 없는 세제류와 고무 슬리퍼, 장난감뿐이었다. 급한 대로 한인 슈퍼를 찾아가서 최소한의 식량을 구하고 이틀에 한 번은 배달 음식으로 버텼다. 삼모작을 하는 나라에서 현지 쌀은 구경도 못해 태국 쌀과 초밥용 쌀만 먹어야 했다.

한 달 가까이 외출 제한이 이어지자 정서적으로 불안해졌다. 이때는 코로나에 대한 정보가 부족했던 시기라 걸리면 목숨이 위태롭다고만 인식됐었다. 언론은 시종 아시아인 혐오 사건을 다뤘고, 각국 교민들의 귀국 소식이 끊이지 않았다. 기구한 운명처럼 베트남에 들어온 우리가 마음대로 나갈 방법은 없었다. 눈앞에서 식량난까지 목격한 이상 탈출을 고려하지 않을 수 없었다.

가장 먼저 태국 치앙콩Chiang Khong에 사는 각별한 지인의 집이 떠올랐다. 이 집도 서울의 우리 집처럼 지도에 안 나오던 집이다. 조금 차이가 있다면 이 집은 숙박업을 겸하고 있다는 정도였다. 그들을 통해 치앙콩은 매우 평온하다는 소식을 듣자마자 현실적인 이동 경로를 알아봤다. 그리고 곧 입가에 미소가 번졌다. 하노이와 치앙콩은 모든 교통편이 끊긴다고 해도 45일이면 걸어갈 거리였다. 그 거리는 감사하게도 906km밖에 되지 않았다.

총 거리 906km ÷ 하루 도보 20km = 45일

이건 어디까지나 최악의 가정이지만 걷는 건 막막하지 않았다. 대만 1,100km, 산티아고 순례길 800km를 함께 걸은 우리에게 906km는 바짓단 걷어붙이면 해 볼 만한 거리였다.

산티아고 순례길에서(2016년).

배낭에 바게트만 몇 개 넣으면 베개를 따로 챙길 필요도 없겠다 싶었다.

그러나 이런 망상도 잠시, 베트남에서는 완전히 다른 일이 펼쳐졌다. 전 세계가 코로나로 어수선할 때 베트남은 확진자 수 '0명'이라는 발표를 하고, 나라 안팎에서 축하가 이어지며 다시 오토바이 소리가 들려 왔다. 그리고 곧 일상이 회복됐다. 대신 국경은 더 철저히 봉쇄되면서 우리는 귀국 항공편이 운항할 때까지 총 6개월을 체류했다. 우리 뜻대로

할 수 있는 게 아무것도 없는 이 시국에 정신적 버팀목이 되었던 건 '한국에 계속 관리하거나 유지할 물건이 없다'는 현실이었다. 가방에 있는 물건만으로 6개월을 살았고, 600일도 살 수 있을 것 같았다. '봉쇄된 베트남에서 체류하기'는 다시 한번 미니멀리즘을 강화하는 계기가 됐다.

우리는 갖은 역경을 뚫고 한국에 귀국하자마자 생존과 관련 없는 물건을 최대한 줄여나갔다. 이 시기에 전세 사기를 당한 집까지 비우게 되면서, 이윽고 30분 안에 집을 떠날 수 있는 상태로 라이프 스타일을 정착했다. 유튜브 구독자들이 애칭처럼 불러주는 '소라게 부부'는 이때 처음 생긴 별명이다.

2021.05.15~2021.09

우여곡절 끝에 일본에 도착했다. 평소라면 당일 표를 사서 가던 입국 여정이 체류 자격을 회복하는 데만 3개월이 걸렸다. 입국 시기는 마침 장마철이라더니 금세 거짓말인 걸 알았다. 여름이 끝나갈 때까지 더운 걸 못 느낄 정도로 비가 퍼붓고 있는데 이걸 장마라고 우기는 게 이상했다. 매주 태풍이 발생하고 소멸하기를 반복하면서 전국 각지에 큰 수해가 발생했다. 불과 1년 전에는 구마모토현熊本県에 천문학적 피해가 있던 탓에 전 지역이 작은 태풍에도 초긴장 태세를

전세 보증금 1,500만 원을 되찾기 위한 고군분투기

서울에서 전세 계약이 끝나 퇴거하려 할 때 집주인이 돌려줄 전세금이 없다는
황당한 태도로 나왔다. 이날부터 1년 반 동안 언짢은 다툼이 시작됐고
법원을 여러 차례 오간 후에야 전세금을 되찾을 수 있었다.

유지했다.

실제로 이번 책을 쓰는 동안 코밑까지 긴장을 느낀 순간이 있다. 태풍이 발생할 거라고는 예상도 못한 9월 중순, 공기계인 내 휴대전화로 피난소 알림이 울렸다. 정확히는 옆마을에 한정된 내용이었으나 집(건축사무소 기숙사를 렌털했다) 인근 논이 쑥대밭이 된 걸 보아 안심하고 있을 수만은 없었다. 우선, 하던 일을 멈추고 피난에 챙겨갈 물건을 확인했다. 그리고 가상 시나리오를 그려봤다.

1. 피난 권고령이 떨어지는 즉시 가스 밸브를 잠근다.

2. 비상식량을 챙긴다.

3. 이삿짐을 차에 실어나른다.

4. 집을 비우기 전에 누전 차단기를 내린다.

※여기까지 10분 예상

5. 1분 거리에 사는 친구 집으로 이동한다.

6. 개 세 마리를 차에 태우고 한 살배기 짐 싸는 걸 돕는다.

7. 거동이 불편한 동네 어르신을 살피고 도움을 요청하면 손길을 내민다.

이 다음은 임기응변을 발휘해 대처하는 것으로 하고, 한참 일기예보 진행자 목소리에 귀 기울이는 사이 피난소 알림

서울에서 제주도로 이사 가던 날(2020년). 전셋집을 나온 직후 사진에 보이는 가방이 이삿짐의 전부였다.

이 그쳤다. 그리고 곧 아무 일도 없었다는 듯 태풍이 지나갔다. 정말 다행이었다. 마을 조경이 흐트러진 것 말고는 심각한 피해는 발생하지 않았다.

돌이켜 보면 우리는 재난과 인재人災 앞에서 최소한의 침착함은 유지했던 거 같다. 이 침착함 뒤에는 단연 미니멀리즘이 있다. 나는 가벼운 외출 시 물건의 10~30%를 소지한다. 출장이나 여행 시에는 80~100%를 소지한다. 소지품 중에서 일정한 양을 언제나 품에 지닌 상태다. 이 말은 내 가방은 유사시 두 명의 저체온증을 방지하는 비상 생존 가방으로 활용할 수 있고, 집에 안전 부적합 딱지가 붙었을 때 당장 짐을 챙기러 들어갈 필요가 없다는 걸 의미한다. 만약 긴급 피난 권고령이 내려져 빈손으로 대피했다 하더라도 금방 평정심을 되찾았을 거라 예상한다.

사실 몸만 건사하면 물건의 운명은 어찌 되어도 상관없다. 우리는 삶에 꼭 필요한 물건이 무엇인지 속히 파악할 수 있다. 무無에서 다시 물건을 재구매하는 과정은 예사로운 수고거리일 뿐이다. 이 상태는 멘탈에 아주 큰 영향을 미친다. '괜찮겠지…'라고 초현실을 믿는 게 아니라 진짜 현실에 기반한 대항 능력을 길러준다. 물건이 뒤엉켜 불이 옮겨붙을 걱정도 없고, 물건이 구조대의 진입을 막을 걱정도 없다. 하노이에서 치앙콩까지 906km를 걸어가려던 발상은 실제 경험을 바탕으로 한 아주 이성적인 선택 중 하나였다.

우리 부부는 미니멀리스트다.
미니멀리스트는 위기 앞에서 리얼리스트가 된다.

물건을 필요 최소한만 소유하고 있다는 건 어떤 상황에서도 자신을 구제하겠다는 선명한 생존 의지를 나타낸다.

조수 간만의 차가 보여주는
자연의 힘은
물건의 인력에 비해 한참 연약하다.
물건은 밀물처럼 늘지만 절대
썰물처럼 빠지지 않기 때문이다.

미니멀리스트의 네 가지 부류

최적에서 최소 「심플라이프」부터
최저에서 최소 「궁극의 미니멀리스트」까지

채식주의자는 크게 5단계로 분류된다. 실제로는 더 세분한 단계가 있고 그 안에서 또 소분류가 되지만, 우선 비 채식인도 이해하기 쉽게 설명된 5단계는 다음과 같다.

○ 네발 가축만 안 먹는 채식 입문 단계 「세미」

○ 바다 생물까지는 먹는 「페스코」

○ 알과 유제품까지 허용한 「락토오보」

○ 락토오보에서 알만 제외한 「락토」

○ 동물에서 나오는 모든 걸 배제한 완벽 채식 「비건」

비건의 상위로는 과일식 '프루테리언'이 있다.

간헐적 페스코를 오가던 우리 부부는 5일간 프루테리언에 도전했다가 매일 다투는
극도의 예민함을 경험했다. 과일로만 배를 채우는 건 세 끼가 한계였다.

그래서 채식주의자와 비슷한 방식으로 미니멀리스트도 분류해 보았다.

- ○ 공간·생활 중심적 입문 단계 「심플 라이프」
- ○ 유행·반응 중심적 나르시시스트 「귀차니즘 미니멀리스트」
- ○ '의식주'의 정설을 뒤집어 엎어버린 「궁극의 미니멀리스트」
- ○ 내면부터 타고난 필요 최소주의 사상가 「내추럴 미니멀리스트」

※인증 단체가 없는 주관적인 분류에 지나지 않으니, 읽는 이가 자유롭게 해석을 덧붙이길 바란다.

심플 라이프 (세미 미니멀리스트, 심플리스트)

홀가분한 삶, 모던한 집을 꿈꾸며 용기 내어 물건을 정리하기 시작한 실천 가능형.

자존감	★ ★ ★ ★ ☆	맥시멀리스트 이력	○
융통성	★ ★ ★ ★ ☆	물건 보관 가족 집 찬스	△
살 림	★ ★ ★ ☆ ☆		
강 박	★ ★ ☆ ☆ ☆		
애 플	★ ★ ☆ ☆ ☆		

반복되는 집 청소에 지치고 물건에 잠식된 공간을 보면 한숨이 나오던 중, 우연히 모델 하우스 같은 사진을 보게 된다. 군더더기 없는 인테리어와 북유럽풍 가구만 배치된 기품 있는 집이다. 집주인들은 단아하고 여유로워 보이기까지 하는데, 그들이 말하기를 '미니멀 라이프'를 실천하고 있다고 한다.

'미니멀 라이프…?'

미니멀 라이프의 정의를 알기도 전에 접하는 시각적인 충격은 상당하다. 이 충격의 여파로 갑자기 집안 물건이 초라하게 느껴진다. 일단 관련 커뮤니티에 가입하여 마음에 안 드는 물건을 중고 거래하고, 쓸 만한데 팔기 아까운 물건은 지인에게 나눠주거나 본가에 맡겨둔다(미니멀 라이프를 위해 본가를 창고로 이용하는 것을 나는 '물건 보관 가족 집 찬스'라고 말한다. 결코 옳은 방법이라고는 생각하지 않기 때문에 모든 사정에 동의하기 어렵다는 중립적인 입장이다).

집에 빈 공간이 보이기 시작하면 집안일을 편하게 하는 물건을 구매한다. 어떤 물건은 유사 제품보다 비싸기도 하지만, 새로 선택한 모든 건 근사하고 기대 이상으로 만족스럽다. 이러면서 조금씩 넓어지는 집안을 흐뭇하게 바라보는 한편, 수납으로 감춰둔 물건 처리가 걱정이다. 미니멀 라이프를 통해 조금 더 나은 공간에 살고 싶었을 뿐, 불용품과 마주할 준비는 미처 못했다. 여기서 용기를 내 한 발짝을 내디디면 본래 의미의 미니멀 라이프에 다가가는 것이고, 내적 갈등으로 정체되면 미니멀 라이프를 동경했던 기억만이 남게 된다. 미니멀 라이프를 그만 둔 이유 중에는 가족의 비협조도 자주 거론된다.

보통 이 시기에 미니멀리즘 관련 서적을 많이 읽고 두 서적에서 큰 영감을 얻는다. 곤도 마리에의 《인생이 빛나는 정리의 마법》과 사사키 후미오의 《나는 단순하게 살기로 했다》가 그것이다.

물건의 에너지를 중요시하는

곤도 마리에의 《인생이 빛나는 정리의 마법》

이 책은 물건의 이별·수납 기술을 알려주는 정리정돈 장려 서적에 가깝다. 대중이 가장 따라 하기 쉬운 기술을 상냥하게 알려주면서 자극적인 문구도 없다. 물건을 정리할 때는 사물에 감정이입을 하기도 하고, 물건에 작별 인사를 건네는 독특한 의식을 치르기도 하는데, 이러한 정리정돈을 '곤마리류流'라 부르며, 이렇게 다져진 삶의 형태를 '심플 라이프', 일각에서는 '미니멀 라이프'라고 부른다.

물건의 부정적인 기운을 경고하는
사사키 후미오의 《나는 단순하게 살기로 했다》

꼭 필요한 물건 외에는 소유하지 않는 궁극의 미니멀리스트가 쓴 에세이 겸 불용품 처분 비법서다. 정리정돈 자체를 쉽게 할 수 있도록 불용품은 버리라는 직설적인 표현으로 가득하며, 반박할 수 있는 여지가 하나도 없는 나머지 묘하게 꾸지람 듣는 기분이 든다. 공간은 홀가분하면서 시간은 윤택한 저자의 자유로운 삶을 '미니멀 라이프', '궁극의 미니멀 라이프'로 부를 뿐 '심플 라이프'와 혼용하지 않는다.

국내에서는 '곤도 마리에식'과 '사사키 후미오식'을 하나로 엮어서 '미니멀 라이프'로 부른다. 이로 인한 오해는 잠시 후 다시 설명하겠다.

본론으로 돌아와 갖가지 난관을 헤치고 '심플 라이프'(여기부터는 심플 라이프로 칭한다)가 안정되면 다음은 '친환경적인 소비'를 한다. 그러면서 불필요한 노동이 들어간 집안일을 효율적으로 고치고 물건을 가려내는 분별력이 깊어진 자신과 마주한다. 보통 여기쯤 이르면 웬만해서는 기존 상태로 돌아가지 않는다. 물건을 계속 줄여도 요요 현상이 거의 없다. 마치 신비 체험과 같은 경험으로 인해 더 다양한 지식을 파고들게 되고, 쓰레기를 줄이는 '제로 웨이스트' 운동과 다양한 산업 폐해를 알게 되면서 이내 심플 라이프의 이점을 알리고자 온라인 활동을 개시한다. 활동은 하면 할수록 지지층이 생기는 동시에 안티도 생긴다.

'미니멀 라이프라면서 물건이 너무 많은 거 아냐?', '멀쩡한 물건 버리는 게 미니멀 라이프야?', '쇼핑할 거면 미니멀 라이프 때려 치워라' 등 불편한 지적이 필연처럼 잇따른다. 안티 발생의 원인으로는 악플러들의 심성이 삐뚤다는 것과 '심플 라이프'와 '미니멀 라이프'를 하나로 엮은 것을 문제 삼을 수 있다.

여기서 말하는 '심플 라이프'는 평범한 생활 수준을 선호한다. 사계절을 여유 있게 보낼 정도로 합리적인 옷가지와 생활이 편해지는 살림을 소유하기 때문에 집 넓이가 어느 정도 확보되어야 한다. 반면 안티들이 기대하는 '미니멀 라이프'는 집 크기에 구애받지 않는다. 오히려 집안일이 줄어드는 좁은 환경을 야영 기분으로 즐기며, 필요 최소한의 의상과 평균 이하의 살림을 지혜를 고안하여 사용한다.

'심플 라이프의 미니멀 라이프'도 '미니멀리스트의 미니멀 라이프'도 필요한 물건만 소유하자는 부분은 같지만, 각자 추구하는 방향이 다르다. 심플 라이프는 '최적에서 최소', 미니멀 라이프는 '최저에서 최소'를 향하기 때문에, 한데 '미니멀 라이프'로 엮어서는 안 될 문제였다.

이렇게 되면 심플 라이프를 알리려던 순수한 마음에서 시작했지만 평생 들어 본 적 없는 비난을 듣게 된다. 훈련된 전문 방송인이 아니면 작은 악플도 못 견디는 게 당연하다. 그래서 활동을 중단하거나 얼굴 노출을 꺼리는 경우도 생긴다. 실제로 수많은 심플 라이프 발신자들이 반짝하고 사라지는 경우가 많다. 그렇다고 이전 생활로 돌아가는 것은 아니다. 각자 자기 일상 속에서 심플 라이프를 실천하면서 잔잔한 활동은 계속 이어가는 중이다.

귀차니즘 미니멀리스트

지금의 귀찮음으로부터 해방되기 위해 다양한 선택을 버린 벼락치기형.

자존감	★ ☆ ☆ ☆ ☆	맥시멀리스트 이력	○
융통성	★ ★ ★ ★ ★	물건 보관 가족 집 찬스	○
살 림	★ ☆ ☆ ☆ ☆		
강 박	☆ ☆ ☆ ☆ ☆		
애 플	★ ★ ★ ★ ★		

정리도 귀찮고 청소도 귀찮고 사회생활도 귀찮아하는 독신이 많다. 자기애와 출세욕은 강하지만, 힘 안 들이고 인생

변화를 꿈꾸던 어느 날 사회 현상으로 급부상한 '미니멀 라이프'를 접하고는 물건을 싹 다 갖다버린다. 벼락치기로 미니멀리스트가 된 탓에 마룻바닥에서 잠을 청하다가 해시계로 기상하는 등 누가 봐도 길게 못 갈 생활을 자랑스럽게 여기기도 하는데, 불안을 감추기 위해 매우 강한 논조를 구사한다.

생활 공간에 있는 물건은 최저 그 자체다. 하지만 인간관계는 그대로인 경우가 많다. 따라서 본인이 쓰는 컵 하나만 있는 집에 손님맞이용 일회용품이 쌓여 있고, 환경 오염에 대해 죄책감이 전혀 없다. 벼락치기로 미니멀리스트가 될 수 있었던 것도 환경 의식의 부재가 크다. 귀찮다는 이유로 생활 변화를 일으킬 만큼 행동력과 두뇌 회전은 빠르다. 본인을 세상에 알리는 방법도 잘 안다. 갑자기 잘난 사람이 되는 문장도 꿰고 있어서 애플의 창시자 스티브 잡스를 내세운 나르시시즘적인 활동을 하고, 그 영향력으로 본인과 비슷한 사람들이 출현한다. 사실 미니멀리스트라는 단어를 세상에 정착시킨 건 귀차니즘 미니멀리스트의 업적이 크다. 이들의 실험적인 쇼핑으로 무명 브랜드가 재조명되는 일도 있어서 기업으로서는 반가운 '필요 최소주의자'다.

귀차니즘 미니멀리스트는 유독 '탈미니멀' 선언이 흔하다.

미니멀리스트들 사이에서 이 선언은 흥미 있는 볼거리라 당연히 콘텐츠로 활용된다. '탈미니멀'을 하는 이유는 하나같이 '틀에 갇히고 싶지 않아서'라고 말한다. 하지만 이마저도 복제된 멘트이며, 곧 다른 삶을 모방하게 되어 유사 활동을 이어간다.

참고로 벼락치기형은 타인의 미니멀리즘·가치관은 건드리지 않는다. 정확히 말하면 본인의 이윤 외에는 관심을 가질 여유조차 아깝다고 생각한다. 환경 앞에서 이기적인 성향을 보이고 미니멀리스트 유지 기간이 짧아서 개인적으로 신뢰하지 않는 부류다.

궁극의 미니멀리스트

미니멀리스트라고 말했을 때 연상되는 모든 기대치를 뛰어넘는 환경 운동가.

자존감	★ ★ ★ ★ ☆	맥시멀리스트 이력	○	
융통성	★ ☆ ☆ ☆ ☆	물건 보관 가족 집 찬스	X	
살 림	★ ☆ ☆ ☆ ☆			
강 박	★ ★ ★ ★ ★			
애 플	★ ★ ★ ★ ☆			

모든 미니멀리스트를 통틀어 소유한 물건이 가장 적다.

보통 사람은 흉내도 낼 수 없을 정도로(또는 흉내 내기 싫을 정도로) 적은 물건으로 생활하면서 물건 하나를 사면 하나를 내보내는 밀어내기식 미니멀 라이프가 체계화되어 있다. 이사할 때 짐은 최대 승용차 한 대분, 최소 가방 두세 개가 전부다. 자력으로 이사하지 못하는 걸 굴욕이라 생각하기 때문에 이삿짐 업계와 관계 맺을 일은 희박하다. 물건 개수는 생활 방식과 직업군에 따라 평균 200개 전후다. 물건을 적게 유지할 수 있다면 다기능이 집약된 고가의 물건을 사고, 자연스레 노푸(샴푸를 사용하지 않고 머리를 감는 것)에 도달하며, 모든 선택을 최소화하는 자기 검열 속에 산다. 본인의 수집을 정당화하기 위해 '물건을 세는 건 미니멀리즘의 본질을 잘못 이해하고 있다'라고 말하는 이들도 궁극의 미니멀리스트들의 물건 개수 앞에서는 논파할 힘이 없다.

항간에서는 궁극의 미니멀리스트를 의식 높은 환경 운동가, 제로 웨이스터로 보는 측면도 있다. 하지만 이들 입장에서는 대부분 얻어걸린 인식이라 뜨끔한 순간이 많다. 다만 상당히 높은 수준으로 간접 실천이 되는 건 사실이다. 자유로움의 상징이 되어버린 아무것도 없는 방 사진은 보는 이로 하여금 각성하게 한다.

세속의 편리함과 바꾼 자유의 가치, 사상의 가치를 훨씬 크게 친다. 선택을 줄이고 얻은 시간을 허투루 쓰는 것도 싫어한다. 이렇다 보니 미니멀 라이프에 강박을 보인다는 이야기를 자주 듣는다.

하지만 이건 완전히 틀린 이야기다. 이들은 미니멀 라이프에 강박을 보이는 게 아니라 원래 성격이 강박적이다. 물건을 줄이고 줄이다가 손으로 물을 떠 마시는 미니멀리스트가 나타나도 이상하지 않을 정도다. 방에 취미용품 하나 없어 보여도 걱정할 거 없다. 취미를 중복해서 가질 만큼 한가해도 취미를 못 가지는 성격들이다. 이걸 다른 식으로는 '취미의 필요성'을 못 느낀다고 해석해도 괜찮다.

궁극의 미니멀리스트 중에는 경제적으로 성공한 사람이 많다. 충분히 호의호식하며 살아갈 수 있어도 과한 풍요를 사치로 여긴다. 이건 자이나교인에 빗대어서 말할 수도 있다. 매우 까다로운 채식과 소유를 절제하는 자이나교인들 중에는 인도 경제를 움직이는 부호가 많다. 성공한 미니멀리스트와 자이나교인. 둘의 성공 요인으로는 남다른 인내심이 거론된다. 보통 사람은 절제할 이유조차 모르는 본능을 눌러가며 기른 인내심이 무얼 하던지 결실로 이어지게 했다. 앞서 언급된 자이나교 대축제Mahamastakabhisheka에 참여한 자이나교 수도승 중에는 인도 북쪽에서 남쪽까지 나체로 1년간 걸어서 온 분도 있었다.

궁극의 미니멀리스트는 확실히 자유롭다. 단언컨대 사회에 발을 걸쳐두고 보헤미안처럼 유랑하는 부류는 디지털 노마더와 직업 탐험가, 궁극의 미니멀리스트밖에 없을 것이다.

내추럴 미니멀리스트

물질 집착을 초월한 해탈형 미니멀리스트.

자존감	★ ★ ★ ★ ★	맥시멀리스트 이력	X
융통성	★ ★ ★ ☆ ☆	물건 보관 가족 집 찬스	X
살 림	★ ★ ☆ ☆ ☆		
강 박	☆ ☆ ☆ ☆ ☆		
애 플	★ ☆ ☆ ☆ ☆		

자연스럽게 깨우친 '필요 최소주의' 삶을 산다. 자신을 어떤 사람이라 지칭하는 틀을 만들지 않고 근검절약이 몸에 배어 있다. 사용하는 물건 중에는 윗세대로부터 물려받은 물건도 있으며, 사용하다 고장 나면 고쳐 쓰는 게 습관이다.

화려한 한철 유행에는 민감하지 않다. 둔감해서가 아니라 유행이라는 현상에 매력을 못 느껴서다. 주머니에서 오래된 휴대전화를 꺼내는 건 보통이다. 만약 신식 휴대전화를 꺼냈다면, 지인이 기종 변경할 때 짠한 마음에 양도해주었거나 중고로 이상한 걸 비싸게 구매했을 가능성이 크다. 이러니 지인이 짠한 마음을 안 가질 수가 없다.

요즘 시대에 보기 드문 검소함은 미니멀리즘으로 구매 통제력을 갖춘 후천적 미니멀리스트와 근간부터 다르다. 이는 유전적인 요인이기도 한데, 구김 없는 가정에서 자란 덕분에 물질적으로도 사상적으로도 나무랄 데가 없다. 말을 헤프게 뱉는 법이 없고, 반대 의견에는 관용적인 태도로 대응한다. 웬만해서는 적이 없어 두루 사랑받는 성격이지만 그 범위가 널리 확장되는 일은 드물다. 본인을 너무 과소평가한 나머지 발신자로 나서지 않아서이다.

생활 공간에 물건이 늘고 줄고에 대해서는 크게 의식하지 않는다. 따라서 유사시 가장 홀가분한 상태로 피난 갈 수 있는 건 내추럴 미니멀리스트다. 그만큼 물건에 집착하지 않는다. 현실을 직시하는 감각도 뛰어나서 추억의 물건과도 미련 없이 이별한다. 여행지에서 내추럴 미니멀리스트를 만나면 그들은 놀라울 정도로 단출하게 다닌다. 어떨 때는 그들만이 진짜 여행자처럼 보일 때도 있다.

내추럴 미니멀리스트를 말할 때 가장 좋은 예로 꼽히는 인물은 호세 무히카 Jose Mujica 전 우루과이 대통령이다. 지금은 평범한 농부로 살아가면서 낡은 중고차 한 대가 재산의 전부인 그는 취사 선택을 줄이기 위해 같은 의상을 입는 스티브 잡스, 마크 저커버그(페이스북 창시자)와 결이 살짝 다르다. 그의 어록 몇 개를 살펴보면 내추럴 미니멀리스트가 무얼 말하는지 이해할 수 있다.

"대통령은 화려한 생활을 해서는 안 됩니다. 서민과 같은 생활을 하지 않으면 그들의 기분을 알 턱이 없잖아요."(그는 대통령 재직 중 임금의 90%를 기부하여 실제 서민과 동등하게 생활했다)

"발전이 행복을 방해해서는 안 됩니다. 발전은 인류의 행복, 사랑, 육아, 친구를 사귀는 것, 그리고 필요 최소한의 물건으로 만족하는 것을 위해 있어야 합니다"

"가난한 자는 '많은 것을 필요로 하는 자'라고 나는 정의합니다. 왜냐하면, 그들은 만족하는 법을 모르기 때문이죠. 사람들은 나를 세상에서 가장 가난한 대통령이라 부르지만 나는 검소할 뿐입니다. 많이 소유하지 않고 필요한 물건으로 검소하게 살아갈 뿐입니다"

"살아간다는 것은 자유로운 시간을 가지는 것을 말하기도 합니다."

"우리는 애초에 필요도 없는 물건을 산더미로 버리고 사들입니다. 그것은 인생을 낭비하는 것입니다."

"부가 쌓이면 잃을지 모른다는 공포가 생깁니다. 그러면 돈이 있어도 행복을 느끼기 어렵습니다. 이것이 중산층의 고뇌입니다."

"인류에게 필요한 것은 생명을 사랑하기 위한 투자입니다."

-호세 무히카-

이렇게 심플 라이프부터 내추럴 미니멀리스트까지 네 부류의 미니멀리스트를 살펴봤다. 물론 여기 나온 내용이 전부는 아니며 얼마든지 다른 이념, 다른 생활상의 미니멀 라이프가 존재한다. 한번은 클럽 하우스(음성 기반 소셜 미디어)에서 일본인 심플리스트와 대립한 적이 있다. '미니멀리스트의 기준이 뭐냐?'로 담론한 결과 그 방에 있던 수많은 참가자가 명쾌하게 대답하지 못했다. 이 대목이 시사하는 건 물건과 물건 개수는 결코 기준점이 아니라는 것이다. 다른 미니멀리스트가 소유한 물건을 따라 산다고 미니멀리스트가 되는 것도 아니다. 그러니 이쪽 세계에 관심이 있다면 일단 자신의 환경에 어울리는 최적화, 최소화를 시도해 보자. 그리고 나서 식탁에서 밥을 먹든 싱크대에 서서 밥을 먹든 성격이 이끄는 대로 실천해 나가면 된다.

없이 사는 걸 보면 동정심이 드는데
늘 여유 있는 자세를 보면
동경심이 든다.
이게 가지지 않은 자의 여유다.

혼자 사는 제주도민 집 정리 과정

미니멀 라이프에 관심도 없던 그는 어느 날 자발적으로 물건을 정리하기 시작했다.
"아무래도 당신들 영향을 받았지." 이게 그의 정리 동기였다.
우리는 그저 두 달 동안 한솥밥을 먹었을 뿐 불편한 설득이나 회유는 없었다.

미니멀리스트가 된 이후 생긴 변화 100선

내가 찾은 이상적인 삶

1. 물건 찾는 시간이 줄었다.

물건을 평소 어디 보관하고 어디 두었는지 아주 상세히 인식하고 있다. 사용한 물건을 제자리에 두는 건 당연한 습관이며, 설령 제자리에 두지 않더라도 못 찾는 일은 없다. 애초에 물건이 숨을 만한 공간을 사용조차 하지 않는다.

2. 물건 정리하는 시간이 줄었다.

물건을 제자리에 돌려놓는 동작 한 번으로 정리가 끝난다. 같은 자리에서 다시 정리하는 수고는 없다.

3. 물건 관리하는 시간이 사라졌다.

시간을 할애하여 관리할 물건도 유지할 물건도 없다. 전자 기기는 일회용 건전지를 버리는 과정이 마음에 걸려서 '전원 공급식'과 '충전식' 외에는 소유하지 않는다.

4. 장식이 전부 사라졌다.

철새 생활을 하는 특성상 장식을 휴대할 수 없다. 유튜브 구독자 10만 명 달성 시 주는 '실버 버튼'도 받지 않았다. 유튜버의 명예고 자시고 성가시게 들고 다니고 싶지 않아서다.

5. 물건 집착이 사라졌다.

내가 가진 물건을 통째로 잃어버리면 일단 커피부터 마시러 갈 것 같다.

6. 물건 맡길 일이 없다.

물건은 비행기 탈 때와 특정 시설물에 소지품 반입이 불가일 때 맡긴다.

7. 물건 줄이는 상상이 즐겁다.

반대로 늘어나는 상상은 숨 막히고 죄스럽다. 물건을 늘리는 건 재산과 자유를 빼앗기는 느낌이다.

8. 물건 개수를 센다.

가진 물건의 개수를 세다 보면 무의식이 저지른 수집벽과 당사자도 몰랐던 취향을 발견하게 된다. 또 자신의 내면이 아주 객관적으로 보이기도 한다. 지금은 자기주장을 넘어서는 합리성이 없는 이상 물건을 늘리고 싶지 않다.

9. 물건의 자리를 신경 쓴다.

물건을 둘 때는 물건끼리 간격을 벌리고 통풍이 잘 되는 장소에 보관한다. 그리고 보관 장소는 환기를 자주 한다. 이 두 가지만 지켜도 물건이 상하는 일은 드물다.

10. 수납함을 사용하지 않는다.

인간은 빈 수납함을 어떻게든 채우는 습성이 있다고 알려져 있다. 나도 이 습성이 있으므로 수납함은 아예 사지 않고 쓰지 않는다. 가방에도 들어가는 물건을 굳이 수납함에 옮기는 일은 이점도 없다.

11. 날 잡아 청소하지 않는다.

우리 부부는 청소 정령이 깃든 것처럼 청소를 좋아한다. 식사는 걸러도 청소와 환기는 하루도 못 거른다. 청소가 너무 재밌는 나머지 날 잡아 기다릴 인내심도 없다. 간혹 '어떻게 청소가 재밌을 수 있죠?'라는 질문을 받으면 '필요 없는 물건을 줄여보면 알 거예요'라고 대답한다.

12. 식후 바로 설거지한다.

아무리 피곤해도 설거지는 쌓아두지 않는다. 생활 공간에 뭔가 쌓여 있으면 신경 쓸 잡일만 늘어날 뿐이다. 참고로 싱크대 배수구는 채반으로 사용해도 될 만큼 극강의 청결함을 유지한다.

13. 공간 적응이 빨라졌다.

공간을 활용할 물건이 없으므로 평수에 관계 없이 쉽게 적응한다.

14. 이삿짐 상자가 필요 없다.

아직도 이삿짐은 가방에 넣는다.

15. 머무는 곳을 더럽히지 않는다.

어느 숙소에 머물러도 입실 때보다 깨끗한 상태로 퇴실한다. 빈집을 단기로 빌릴 때는 부동산에 내놓을 수 있을 정도로 청소하고 나온다. 머문 흔적을 남기는 건 주인이나 나중에 치워야 할 사람에 대한 결례라고 생각해서다.

3月18日 (木) 19:45

안녕하세요!
집 들어갔더니 너무 깔끔하게 하시고 가 주셔서 너무 감사드립니다!

제주시에서 6주간 머물던 오피스텔 주인에게 받은 문자.

16. 유난히 깔끔 떤다.

식사할 때 입안이 보이는 걸 의식하기 싫어서 가까운 사람하고만 식사한다. 비즈니스 미팅 장소로 식당을 제안받으면 식후 만남을 역제안하기도 한다. 미니멀리스트 전에는 한 푼이 아쉬워서 상대의 요구에만 따랐지만, 지금은 상대가 이해할 수 있는 데까지 절충을 시도한다. 절충의 첫 단추는 식당에서 만나지 않는 것이다.

17. 중고 거래를 적극적으로 이용한다.

물건과 이별할 때도 들일 때도 중고 사이트를 먼저 확인한다. 중고로 새로운 생명을 주고받는 과정은 조금이나마 환경에 대한 죄의식을 덜 수 있다.

18. 환경 보호를 의식하게 되었다.

환경을 망치고 미니멀리스트가 된 만큼 자연과 공존하는 법을 궁리하고 있다. 아직은 지혜가 많이 부족하다.

19. 대중교통을 타는 게 즐겁다.

'얼마 안 되는 금액으로 운전 장인의 서비스를 받다니!'

이렇게 생각하면 만원 버스도 고마운 마음으로 타게 된다.

20. 일회용품을 최대한 멀리 한다.

일회용품을 의식하여 그렇게 좋아하던 버블티를 끊었다. 식당에서 물티슈를 사용했을 때는 절대 손만 닦고 버리지 않는다.

21. 샤워하는 시간이 단축됐다.

세척제를 안 쓰니 물만 틀면 금방 일이 끝난다.

22. 샤워하며 손빨래를 한다.

샤워하는 횟수만큼 깨끗한 옷을 입을 수 있어서 때로는

의무적으로 욕실로 향한다.

23. 인공 향기가 거북해졌다.

세제 냄새보다는 햇볕에 마른 빨래 냄새가 좋고, 향수 냄새보다는 땀 냄새가 낫다. 화장품을 살 때는 '향료 무첨가'를 우선으로 고른다. 뭐든 자연스러운 게 가장 매력적이다. 방향제는 내 평생 안 살 물건 중 하나다.

24. 샴푸를 안 쓴다.

짐 꾸릴 때 짐스러운 샴푸를 끊고 나서 비듬이 줄고, 경도의 정수리 냄새를 얻었다. 개인적으로는 만족스러운 거래다. 어떨 때는 머리카락이 안전모처럼 느껴지기도 한다.

25. 치약을 안 쓴다.

짐 꾸릴 때 짐스러운 치약을 끊고 나서 좀 더 꼼꼼하게 칫솔질을 하게 되었다. 치약 없이 양치질하면 매번 마지막 음식이 뭐였는지 다시 한번 맛볼 수 있다. 사용한 칫솔은 반드시 물기 없는 장소로 대피시킨다. 안 그러면 다시 칫솔을 입에 넣을 수 없는 냄새가 난다. 치약을 쓸 때는 전혀 몰랐던 사실이다.

26. 수염은 손으로 뽑는다.

면도할 만큼 수염이 나지 않는다. 그래서 면도기를 처분했다. 사실 성인이 되어서도 목욕탕을 가는 게 창피할 정도로 몸에 털이 없다.

27. 망사 속옷을 입는다.

빠른 건조와 빨래를 말리는 면적을 줄이기 위해 망사 T팬티를 입는다. 망사 특성상 샤워할 때 빨아서 젖은 채로 입어도 머리끈 마르는 속도로 마른다. 실례한 축축함과는 쾌적함의 차원이 다르다. 착용감은 '끈끈하다' 외에 천박하지 않게 표현할 방법이 없다. 사각팬티를 입을 때처럼 속옷 어디가 앞인지 확인하는 일이 사라졌다.

28. 빨래는 많이 널어야 10개 미만이다.

10개를 널면 최소 2개가 마를 때까지 자가 격리해야 한다.

29. 깨끗한 평상복을 입고 잔다.

소유 물건 목록(p.216)에서 확인할 수 있듯이 별도의 잠옷이 없다. 따라서 내 옷은 전부 외출복이었다가 잠옷이 되기도 한다. 잘 때는 가장 깨끗한 옷을 입고 자거나 더운 지방에서는 체온으로 말린 속옷 차림으로 잔다.

30. 취침 시간을 의식한다.

잠들기 전의 머릿속은 걷잡을 수 없을 만큼 유치해진다. 따라서 보통 22시에는 생산 활동을 멈추고 23시에는 잠자리에 든다. 미니멀리스트 전에는 하루 평균 4~5시간을 잤고, 지금은 하루 평균 7~8시간을 잔다. 전기요금을 아끼기 위해 밤을 새는 상황은 만들지 않는다.

31. 오전에 일어난다.

아무 일이 없는 날도 오전 7시에는 일어난다. 오전 내내 멍만 때리다 날려도 오전에 일어났다는 사실 하나만으로 뿌듯함을 느낀다. 늦잠 자다 9시 넘어 일어나는 날은 하루가 폐기된 것 같은 절망감에 빠진다.

32. 침구류는 매일 고급 호텔처럼 정리한다.

기상하면 가장 먼저 흐트러진 이불 각을 맞추고 빠진 머리카락을 주운 다음, 주름을 팽팽하게 편다. 침구류를 볼 때마다 기분이 좋아서 하루도 안 거르는 의식이다. 날이 화창할 때는 모든 이불을 볕에 말린다.

33. 뭘 입을지 고민하지 않는다.

고민해 봐야 극적인 결과를 창조할 수 없다. 그래서 자다 일어난 차림으로 나가는 날도 많다.

34. 거울을 안 보는 날도 생겼다.

가끔 거울 보는 걸 까먹는 날도 있다. 조금 재수 없게 말하면 어떤 상태로 있어도 자신 있다는 뜻이다.

35. 외출 준비가 빨라졌다.

외출하기 전에 물건 찾는 시간이 없으니 준비가 빠른 게 당연하다. 그리고 외출한다고 거창하게 준비할 것도 없더라.

남 시선 의식하던 시절에는 상상도 못 하던 일이다.

36. 타인이 언급하는 내가 궁금하지 않아졌다.

평가를 받아들이는 자세가 관용적으로 됐다. 그만큼 마음에 여유가 생겼다. 아내가 아닌 여인과 팔짱 끼고 다니는 걸 손가락질받아도 무심히 넘길 정도가 되었다.

나와 팔짱 끼고 다니는 시각 장애인 박마데 씨.

37. 우연히 상점에 들어갈 일이 드물다.

타인과 동행하지 않는 이상 혼자 상점에 들어가는 일은 거의 없다. 만약 상점에 있는 나를 발견했다면, 혼자가 아니거나 사회 견학을 왔다고 보면 된다.

38. 호객 행위에 반응하지 않는다.

그들의 기대에 희망적인 반응을 보여주기 어렵다. 그래서 최대한 눈을 깔고 피해 다닌다.

39. 선심으로 받던 전단을 거절한다.

예전에는 전단 돌리는 분이 일찍 퇴근하시라고 받았다. 지금은 환경 미화원이 일찍 퇴근하시길 바라며 전단을 받지 않는다.

40. 실제와 마케팅을 구분하는 눈이 생겼다.

세상의 많은 물건은 실제 기능 이상으로 과장됐다. 시즌 종료 후 할인되는 가격 폭만 봐도 마케팅비의 거품을 알게 된다. 특히 의류 원가는 모르는 게 약일 정도다.

41. 충동 구매를 하지 않는다.

충동이 생길 때는 충동으로 인한 결말이 먼저 떠오른다. 몸에 좋다는 식자재를 발견하면 그때는 충동 구매가 아닌 사재기를 한다.

42. 1+1 제품을 사지 않을 것이다.

원래 사려고 했던 물건이 1+1이면 굳이 거부하지는 않을 것 같다. 문장이 미래형인 이유는 미니멀리스트로서 비슷한 기억이 없어서다.

43. 관광 기념품을 사지 않는다.

관광 기념품은 먹을 수 있는 것 외에 사지 않는다. 크루즈 인솔자를 할 때 선사船社에서 받은 수많은 선박 모형은 전부 손님들에게 나눠줬다. 금액이 공개된 물건이라 그런지 다들 기뻐하셨다.

44. 물건 고르는 안목이 높아졌다.

아류작, 유사품, 한철 상품만 안 사도 중간 안목은 간다. 예전에는 시간 들여 돈 들여 형편없는 물건만 사 모았다.

45. 물건을 고르고 가격을 본다.

필요하다고 판단이 끝난 물건은 오래 고민하지 않고 산다. 그리고 값어치를 다 할 때까지 활용한다. 가끔 판단이 틀렸다고 생각될 때는 아내에게 혼내 달라고 부탁한다. 작년에는 볼펜 모양 휴대용 정수기를 사서 혼났고, 올해는 전동칫솔을 고장 내서 혼났다.

46. 결제는 무조건 일시불!

점원에게 "일시불이요."라고 말하는 내가 대견스럽다. 물론 무리해서 말한 적은 없다. 이용하고 싶은 온라인 서비스 중 월 결제와 연 결제가 있으면 연 결제를 선택한다. 매달 청구되는 명세서를 늘리고 싶지 않아서다.

47. 현금 사용을 줄였다.

되도록 현금 대신 신용카드를 쓰면서 카드에 적용되는 혜택을 재탕에 골수까지 뽑아먹는다. 지출을 절제할 수 있게 되자 가능해진 일이다.

48. 더는 인색하지 않다.

세상이 흉흉할 때는 내 미담을 스스로 떠올린다. 아직은 미담이 별로 없어서 차곡차곡 쌓아가는 중이다.

49. 가까운 지인 기념일은 기프트카드를 보낸다.

물건은 다들 풍족하므로 나까지 보태지 않는다.

50. 가까운 지인을 더 잘 챙기게 되었다.

빈손으로 가는 것이 신경 쓰여 기피했던 병문안과 봉투 없이 가기 민망해서 꺼렸던 관혼상제 등을 지금은 미리 계좌번호를 묻고 찾아다닌다. 훗날 내 성의를 회수할 생각은 눈곱만치도 없다. 미니멀리스트가 된 이후 같은 자리라도 사심 없는 발걸음이 가능해졌다.

51. 모르는 사람을 소개받는 자리는 우연일 때만 간다.

한 번은 유명 남자 탤런트의 교류를 제안받고 내가 사양한 '사건'이 있다. 이걸 '사건'이라 표현하는 이유는 아내가 지금까지 앙금이 안 풀렸기 때문이다. 지금은 만나고 싶어도 못 만나는 스타가 되어버릴 줄은….

52. 주변에 빚이 없는 몇 안 되는 사람이다.

공교롭게도 받을 빚은 있다. 상대가 돈을 갚고 싶어도 못 갚는 상황임을 이해하기 때문에 팔짱 풀고 기다리는 중이다.

53. 내 집 마련이 삶의 우선순위에서 밀려났다.

아직은 영구 거주지 없이 세상을 더 경험할 생각이다. 훗날 정착할 필요성이 느껴지면 소멸 직전 마을을 염두에 두고 있다(2033년 일본은 세 집 중 한 집이 빌 것으로 전망한다).

54. 언제든 다른 나라에서 살아 볼 준비가 돼 있다.

경험은 미니멀리즘과 반대로 간다. 내가 미니멀리스트가 된 이유이기도 하다.

55. SNS를 하지 않는다.

다른 사람의 일상 보는 걸 멈출 자신이 없다. 그리고 다른 사람의 일상 보는 걸 멈추지 않는 자신을 용서할 자신이 없다. 그래서 안 한다.

56. SNS를 믿지 않는다.

그걸 다 믿으면 나는 세상에서 가장 불행한 들러리가 된다.

57. SMS를 멀리 한다.

평소 연락은 사무용·긴급용 외에 하지 않는다. 카카오톡 프로필에는 '연락은 텔레파시로만 보내세요.'라고 적어 놨다. 가벼운 마음으로 쉽게 연락하는 그 '가벼움'이 불편해서 견딜 수가 없다. 지인들과의 소통 창구는 따로 있다.

58. 모르는 번호로 걸려온 부재중 전화는 다시 걸지 않는다.

'내 갑갑나? 지 갑갑지!*'

*상대방이 갑갑하지 나는 갑갑하지 않다.

59. 명함은 사진 찍고 돌려 드린다.

한번은 모 대학 방송에 출연하여 분위기를 싸하게 만든

일화가 있다. 카메라 앞에서 교수님이 준 명함을 소각할 거라고 말했다가 촬영본이 통편집된 것이다. 학생들에게는 안 준다는 명함을 내가 버리면 그들의 자존감이 뭐가 되는가.

60. 선물은 정중히 거절할 때도 있다.

이번 출판 미팅 때 빈손으로 만나자는 조건을 걸었는데 지켜지지 않았다. 한마디 하려다가 글로 뒤끝을 남긴다.

61. 술자리는 십중팔구 거절한다.

술을 못 마셔서 사회생활 못 한다고 핀잔을 들을 때는 알코올 분해가 안 되는 간을 저주했다. 지금은 간을 깨끗하게 쓰기 위해 술자리를 자제한다.

62. 뜬구름을 잡지 않는다.

뜬구름 잡다 수없이 추락하고 수없이 좌절했다. 솔직히 말하면 어디 붙어먹으려다 내팽개쳐진 시간이다.

63. 칭찬에도 평정심을 유지한다.

번지르르한 말이나 명언은 빌리지 않겠다. 내가 칭찬에도 평정심을 유지하는 이유는 '겸손이 미덕'이라서가 아니라 '그래야 있어 보이기 때문'이다.

64. 신세 타령을 멈췄다.

미니멀리스트가 되면서 얻은 변화 중 하나가 '내 신세는 내가 정한다'는 것이다.

65. 타인에 대한 험담을 멈췄다.

타인을 언급할 때 휴대전화가 다 듣고 있다고 생각하고 말한다. 그래서 속으로만 험담한다.

66. 수많은 웹사이트에서 탈퇴했다.

불필요한 데이터 삭제는 '데이터 센터의 전력 소모'와 '탄소 발생량'을 줄인다. 환경 보호를 위한 작은 실천이다.

67. 휴대전화 바탕 화면에서 인터넷 아이콘을 감췄다.

무언가를 검색하려고 인터넷을 켜면 영양가 없는 기사를 클릭하는 경우가 많다. 나중에는 이 행동에 아무 의문도 없이 한두 시간씩 연예 기사만 본 날도 있다. 스스로 절제하기가 어렵다는 걸 알고서는 인터넷 접근성을 떨어트리고 있다.

68. 비슷한 사진을 찍지 않는다.

사진을 찍을 때는 이 한 컷이 귀한 필름이라고 생각하고 찍는다. 부득이 여러 장을 찍은 날은 반드시 삭제하는 과정을 거친다. 나중에 몰아서 정리할 수고를 생각하면 뭐든 적당한 게 좋더라.

69. 매일 조금씩 과거 사진을 지운다.

뒷감당 생각하지 않고 셔터를 누른 과거가 원망스럽다. 사진 정리가 이렇게까지 고생스러운 줄은 몰랐다. 절대 엄살로 하는 말이 아니다.

70. 휴대전화 앨범 용량이 매우 넉넉하다.

사진은 평균 200장을 유지한다. 언제나 1장은 돌아가신 할머니 사진이다.

71. 휴대전화 초기화를 자주 한다.

휴대전화를 공장 초기화로 밀어버리면 성능 저하가 잘 안 느껴진다. 지금 쓰는 휴대전화는 4년째 무결함이다.

72. 충전기 선이 면발처럼 꼬이지 않는다.

선끼리 엉킨 모습을 보기 싫어서 전부 반듯하게 펼쳐두고 사용한다. 선을 말아서 보관할 때는 마음에 들 때까지 원형 간격을 맞춘다. 이렇게만 해도 잔고장이 거의 없다.

73. (디지털) 파일 찾는 시간이 빨라졌다.

틈만 나면 파일 정리의 효율성을 구상한다. 이번 책을 탈고하면 가장 먼저 파일 정리부터 하고 싶다.

74. 정전이 되어도 한동안은 괜찮다.

나가서 잔가지나 줍지 뭐.

75. 아내와 다툴 일이 줄었다.

물건을 줄이면서 욕심이 줄었고, 재산을 지킬 수 있게 되었고, 마음의 여유가 생겼다. 자연스레 집안 우환도 줄었다.

76. 아내를 설득하는 일이 줄었다.

힘들여서 설득하는 대신에 소통을 자주 하면서 세뇌한다.

77. 아내가 물건 살 때 내 눈치를 본다.

본인을 미니멀리스트라고 지칭하지는 않지만, 남편이 미니멀리스트인 건 의식하는 눈치다. 그렇다고 남편 몰래 쇼핑하지는 않는다.

78. 스트레스의 원인을 찾는 시간이 빨라졌다.

벌린 일이 적어서 스트레스 받는 원인 파악이 빠르다. 반대로 말하면 스트레스 받기 싫어서 일을 잘 안 벌인다.

79. 스트레스를 빨리 해소한다.

스트레스가 자동 소멸하지 않으면 일단 밖으로 나간다. 나가서 한적한 장소를 걸으면서 몸에 도파민을 충전한다. 걷다 보면 다음 순서대로 마음이 정리된다.

스트레스 → 분노 → 폭발 → 상상 정의 구현 → 허무 → 용서 → 평정심 회복 → 해소 → 망각

80. 크게 돈 쓸 일이 없어졌다.

당장 크게 돈 쓸 일은 나와 아내가 아플 때 아닐까?

81. 급하게 돈 쓸 일이 없어졌다.

급하게 돈 쓸 일은 나와 아내에게 사고가 났을 때 아닐까?

82. 돈 관리가 자동으로 된다.

생명을 연장하는 데는 그리 큰돈이 필요하지 않다는 걸 알았다. 지금처럼만 간소하게 살면서 곡식 구매 위주로 돈을

쓰면, 쓰는 속도에 맞춰 쌓이는 속도가 따라온다. 물론 일을 할 때의 이야기다.

83. 고정 생활비를 정하지 않는다.

두 명이 단순히 잘 먹고 사는 데는 돈 쓸 데가 많지 않다. 절약하지 않고도 한 달 총지출이 100만 원 이하인 달도 허다하다. 용돈을 따로 지닐 필요도 없다. 용돈이 있어도 그 돈으로 사고 싶은 게 안 떠오른다.

84. 경제적 위기를 느끼지 않는다.

건강이 허락할 때까지 어떤 일이든 해나갈 생각이다. 고로 다가오지 않은 위기를 느낄 이유가 없다. 유행처럼 번지고 있는 '파이어족'은 전혀 안 끌린다.

85. 막연한 미래 걱정을 덜었다.

여기저기서 밭을 일궈 보니 배곯을 일은 없다는 걸 깨달았다. 나는 의외로 밭일이 체질에 맞다. 구수한 거름 냄새도 싫지 않더라.

86. 사촌이 땅을 사도 축하할 마음뿐이다.

더는 남이 잘되는 꼴이 배 아프지 않다. 나는 당장 필요한 걸 다 가졌다.

87. 재산을 무작정 불리고 싶은 욕망이 없다.

라면에 전복쯤 못 넣으면 어떠한가. 대신 시간과 마음의 여유가 있지 않은가.

88. 사회 문제에 관심을 둔다.

내가 머리를 기르고 경제 활동에 뛰어들었던 건 사회를 향한 평등의 외침이었으며, 부조리에 저항하는 상징이었다.

89. 오토파지 Autophagy*를 한다.

하루 16시간을 공복으로 지내는 오토파지는 잔칫날이 아니면 하루도 안 거르고 실천한다. 1일 1식도 해 보았는데, 오토파지를 해서 그런지 힘들어도 꾸역꾸역 버틸 만하다.

*의도적인 영양소 차단으로 신체 내 오래된 세포를 스스로 회복시키는 세포 재생산 활동을 말한다. 이를 통해 혈관 장애 개선, 면역력 증진, 노화 방지, 비만 방지 등의 효과를 기대할 수 있다.

90. 건강식을 챙겨 먹기 시작했다.

동일 재료 대비 두 배 비싼 정도라면 유기농을 먼저 고른다. 건강은 신경 쓰지만, 떡볶이와 평양냉면은 끊지 못했다.

91. 육식을 줄였다.

매달 채식 주기를 정하여 육식을 줄이는 노력을 하고 있다. 미니멀리스트가 간접적인 환경 보호라면, 육식을 줄이는 건 직접적인 환경 보호가 된다. 엄격한 비건이 아니라서 모순이라는 지적을 받아도 할 말은 없다.

92. 탄산음료를 줄였다.

당 관리 차원에서 탄산수 외에는 멀리하고 있다. 이것만으로도 패스트푸드점에 가던 빈도가 현저하게 줄었다.

93. 치핵이 얌전해졌다.

과거 불규칙한 식습관과 미련한 배변 습관으로 걸핏하면 치핵이 부풀었다. 증상이 심할 때는 해외에서 병원 신세를 지기도 했는데, 말이 안 통하는 의사 앞에서 바지를 내리는 공포를 느낀 이후로는 식이섬유를 꼬박꼬박 섭취하고 있다. T팬티는 현 상태의 수축을 자가 진단하는 중요한 잣대가 되기도 한다.

태국 병원 진료 카드. 내원 사유란에 쓰인 'hemorrhoid'는 '치핵'이란 뜻. 배출의 메커니즘은 미니멀리즘과 일맥상통한다. 뭐든 쌓아두기만 하면 큰 변을 초래한다.

94. 유튜버가 되었다.

영상을 통해 미니멀리즘의 이점을 알리는 중이다. 미니멀리즘을 한 번도 언급하지 않은 영상이라도 해당 주제와의 관련성은 엿볼 수 있다.

95. 출판 제의가 들어온다.

투고작을 들고 노크할 때는 꿈쩍도 안 하던 문. 유튜버가 되자 노크하기도 전에 문이 열리는 일이 일어난다. 개인적으로는 이러한 현실이 안타깝다. 유명세가 낮다고 등단의 기회가 적다는 건 출판 업계의 감수성이 부족하다는 생각이 든다. 내가 할 말은 아니지만 말이다.

96. 내가 가진 물건을 따라 사는 사람이 생겼다.

양말 한 켤레 있는 미니멀리스트가 고른 물건을 믿고 따라 사는 분들이 계신다. 당연히 엄선했을 거라는 신뢰가 바탕이다. 이 현상은 다소 당황스러울 때가 있다. 내가 전하고자 하는 의도는 판촉 활동이 아니기 때문이다.

97. 출세했다.

물건을 필요 최소한만 남겼을 뿐인데 학교 칠판 앞에 서 달라는 연락이 오기도 한다. 나의 앞날이 이럴 줄 알았다면 9년간 학교에 다닐 필요도 없을 뻔했다(필자는 고교 1학년 때 교내 평등 시위를 하다 퇴학당했다).

98. 미니멀리스트라서 다행이라는 생각을 매일 한다.

한 육체로 두 번째 인생을 사는 기분이다. 첫 번째 인생은 물건에 둘러싸여 살았지만 행복하지 않았다. 두 번째 인생은 가진 것은 적지만 행복하다고 자부할 수 있다.

99. 미니멀리스트가 더 늘어나면 좋겠다는 생각을 한다.

지구상에 쓰레기가 줄어들 것을 기대하고, 사회에서 일어나는 뒤숭숭한 사건을 예방할 수 있을 거라 기대한다. 특히 사기성 사건은 크게 줄어들 것으로 기대한다.

100. 누구보다 자유롭다.

타인을 시기하던 내가 타인에게 대리 만족을 느끼게 할 만큼 자유로워졌다. 이 자유를 허투루 쓰지 않도록 내가 할 수 있는 최선의 자선 활동이 무엇인지 고민하고 있다.

목돈 들여 이룬 사치의 행복은
결국 무뎌지고 만족에는
한계가 있다.

반면 결핍에 단비를 뿌려가며 이룬
자유의 행복은 무한 반복이다.

84년생 84개의 물건만 남겼다

언제나 세련된 여행자의 모습으로

평균 10일 일정으로 떠나는 유럽 여행팀을 인솔할 때다. 첫날 인천 공항에서 출장 준비를 하고 있으면 '나 여행 가요!'라는 설렘이 가득한 손님들이 멋진 자태를 뽐내며 등장한다. 보아하니 학수고대하던 이 날을 위해 특별히 신경 쓴 게 틀림없다. 그런데 여행이 시작되고 하루, 이틀…닷새가 지나도 손님들은 매일 공항에서 만난 멋진 모습 그대로다. 언뜻 보면 옷은 조금씩 바뀌는 거 같은데, 어떻게 하루도 안 거르고 멋있는지 그 비결을 모르겠다.

일정 중 지역을 옮길 때마다 보내는 단체 문자가 있다.

'슈퍼 가실 분 15분 뒤 호텔 로비로 나오세요.'

　간혹 생필품이 떨어지거나 시장 견학에 관심 있는 분들을 위한 일종의 추가 서비스다. 이건 순전히 업무 밖의 일이라서 모임 시간을 촉박하게 공지한다. 그런데도 손님들은 그 짧은 시간에 또 하나같이 멋있는 모습으로 나타난다. 분명 공항에서 봤던 짐꾸러미는 1인당 여행용 가방 1~2개였다. 내 손으로 직접 짐 태그를 달았기 때문에 정확히 기억한다. 그런데도 손님들은 귀국하는 날까지 한 번도 흐트러진 모습을 보이지 않는다. 얼굴이 눈에 익은 누구도 목이 늘어난 옷차림이 연상되지 않는다고 말하면 내 말을 믿을 수 있겠는가?

　미니멀리스트의 시선으로 손님들의 외양을 보면 굉장히

합리적이라는 생각이 든다. 나는 여기서 큰 영감을 얻었다. 꼭 '집 안'에서만 입어야 하던 옷은 '편한 집 밖 옷'으로 통일했다. 그 결과 언제 어디서 누구와 마주쳐도 말쑥해 보이리라는 자신이 생겼다. 다음으로는 의상의 공사 경계를 없앴다. 사적인 외출 중에도 당장 마이크를 쥘 수 있는 차림을 유지했다. 하루는 이러한 생각에 잠겼다.

'나와 아내를 먹여 살리는 물건 외에는
더는 소유할 필요가 없겠어.'

이때 처음으로 총 몇 개의 물건을 소유하고 있으며, 몇 개의 물건이 중복되는지 표를 만들어 봤다. 이미 미니멀리스트로 살고 있어서 그런지 150개 조금 안 되는 물건이 확인됐다. 살면서 물건을 센다는 생각을 해 본 적이 없었기 때문에 소유한 물건이 셀 수 있을 정도라는 사실만으로 자신을 칭찬할 만했지만, 따져 보면 모든 물건이 나를 먹여 살리는 데 필요한 건 아니었다. 그래서 제 몫을 하지 않는 물건 목록을 따로 만들어 출장과 여행 틈틈이 중고 거래했다. 이렇게 줄여 나가다 보니 어느덧 내 수중에는 100개도 안 되는 물건만이 남았다. 물건이 한눈에 파악되자 물건 총액을 계산하는 셈도

지금은 이별한 휴대용 프린터.

가능했다.

　여행업을 쉬는 동안에는 휴대용 프린터, 스테이플러, 서류 가방 등과 이별했다. 더는 나를 먹여 살리는 도구가 아니어서다. 솔직히 이 물건들을 볼 때마다 미련이 남아서 착잡했는데, 이별하자마자 응어리가 사라진 것처럼 후련했다. '언젠가 다시 필요하면 어쩌지?'라는 고민은 언제일지 모를 그때 가서 그 상황에 맞게 합리적으로 해결하려 한다.

소유 물건 목록

＊변동 가능성 있음

걸치는 물건			
상의	**하의**	**신발**	**기타**
반소매	바지	운동화	속옷
긴소매	점프수트		모자
양면 나운 재킷		△양말	옆 가방
양면 재킷			선글라스
			마크스(세트)
			안대

그 외		카드류	
여권	손가락 인형	주민등록증	한국 신용카드
일본 통장	곰 인형	운전면허증	일본 신용카드
인감 도장		일본 신분증	대만 교통카드
책 계약서		일본 운전면허증	싱가포르 교통카드
		일본 체류 카드	관광통역안내사 자격증
		국제면허증	국외여행 인솔자 자격증
		증명사진	프라이어티 패스 라운지 카드

△ 구멍 나면 평생 무상 교환되는 양말.
   (양말 회사는 양말 한 켤레만 있는 미니멀리스트가 고객이 된 걸 모르는 상태다)

◇ 7년 동안 한 번도 분실하지 않았다.

▽ 인도 거주 경험 이후, 두루마리 휴지 1~2개를 1년 동안 사용한다.

○ 가위 대신 사용하는 셀프 이발용.

직업 도구		
전자 기기류	**유튜버**	**일반 생필품**
휴대전화	미러리스 카메라	◇접이식 우산
노트북	카메라 렌즈	비누
노트북 거치대	ND 필터	비누 케이스
태블릿	디지털카메라	오일 화장품
태블릿 키보드	액션 카메라	자외선 차단제
태블릿 펜슬	내레이션용 마이크	칫솔
블루투스 마우스	무선 마이크 2인용	수건
블루투스 이어폰	샷건 마이크	▽휴지
스마트워치	녹음기 마이크	면봉(세트)
	삼각대	빨래끈
	미니 삼각대	손톱깎이
	카메라 캡쳐(가방에 고정)	○눈썹 칼
	보조 배터리	텀블러
	유선 이어폰	커피 드립용 필터
	외장 하드 2TB	항원 검사 키트
	메모리 카드 리더기	
	31ℓ 가방	

※단독으로 기능하지 않는 부속은 본체에 귀속한다. (예: 카메라 메모리 카드, 노트북 충전기)

※침구류와 주방용품은 이미 갖춰진 거주지로만 옮겨 다니므로 실소유 물품은 없다.

짐은 가방 한 개가 전부인 미니멀리스트

필요 최소주의로 자유와 풍족을 얻은 미니멀리스트의 모든 짐은
현재 가방 하나가 전부다.

지금처럼 침구류와 주방용품이 갖춰진 장소에 머무르며 물건 2개를 늘리면 어떨지 상상해 봤다.

[75+2 = 77개] : 새로 늘린 물건과 이전 물건을 골고루 사용할 수 있을지 의문부터 앞선다. 그만큼 물건 하나하나가 생활에 미치는 영향이 크다.

다시 원점으로 돌아가 물건을 더 늘려 100개, 150개, 200개가 되면 어떨지도 상상해 봤다.

[75 + 25 = 100개] : 평소 관심 없는 휘발성 취미를 가질 수 있을 것 같다.

[75 + 75 = 150개] : 지금 가진 물건에 2인 침구류와 2인 주방용품을 최적으로 갖춘 상태로 영구 정착이 가능하다.

[75 + 125 = 200개] : 손때 타지 않는 물건이 발생한다는 데 200% 확신한다. 어쩌면 물건에 치여 정신을 못 차릴지도 모른다.

오늘까지 '여행 인솔자'도 하다가 '여행 작가'도 하다가 '유튜버'도 하면서 나를 먹여 살린 물건 개수는 평균 100개 언저리였다. 지금은 그보다 적은 75개의 물건으로 살아가고 있다. 놀라운 것은 아직 한 번도 물건이 부족한 순간을 마주한 적이 없다는 거다.

반대로 물건을 줄여 여행 작가로만 생활할 수 있다면 60개 이하만 소유하는 것도 가능하다. 여행 작가의 내공으로 상징되는 냉장고 자석은 소유하고 싶지 않기 때문이다. 실제로 지금 75개의 물건이 있다고 해서 매일 이발하는 것도 아니고 매일 신분증이 필요한 것도 아니라서 실사용하는 물건은 50개 수준이다.

내가 미니멀리스트라고 해서 '딱 이 정도만 소유하고 살 거야'라고 맹세한 적은 없다. 향후 생활 변동에 따른 생계 조력 물건이 나타나면 언제고 합리적인 개수를 들일 거다. 84년생인 내가 물건 개수로 말하고자 하는 건 독자와의 약속이 아닌 '사회에 내비치는 시사'다.

현대 젊은이 둘이 각자 100가지 물건으로 사는 도전을 그린 영화 《100 Dinge》에서는 이런 대사가 나온다.

"조부모님의 물건은 200개, 부모님의 물건은 650개,
지금 우리의 물건은 1만 개."

소지품을 전부 세어본 자로서 '지금 우리의 물건은 1만 개'

는 결코 과장된 숫자가 아니라는 걸 안다. 미국의 평균 가정처럼 물건이 30만 개가 돼야 이제 과장이구나 싶은 정도다.

오늘날 지구 자원이 쓰이는 통계 Ecological Footprint 를 보면 우리가 미래 세대의 자원을 뺏어 쓰고 있다는 걸 알 수 있다. 나는 조선 야생 호랑이 한 번 못 봤다고 불평했지만, 미래 세대는 야생과 호랑이를 둘 다 못 볼지도 모른다. 벌써 타인의 얼굴을 눈만 보게 된 일이 일어난 것처럼 말이다.

나 역시 지구 시민으로 살아가는 이상, 더는 가쁜 숨을 몰아쉬는 자연을 방관하고 있을 수만은 없다. 그래서 필요 최소한의 물건만으로도 밝은 청사진을 그릴 수 있다는 걸 몸소 증명해 나갈 거다.

부족하게 살아가는 노력이 아니라
언제나 세련된 여행자의 모습으로 만족하며 사는
미니멀 라이프로 말이다.

월세 내고 집수리까지 한 일본 기숙사 입주기

코로나가 장기화한 이후로는 세입자가 한 명 남은 일본 건축사무소 기숙사에 입주했다.
기숙사 주인은 우리마저 떠날까 봐 월세를 반으로 깎으려 하고,
우리는 전액을 다 내려 해서 훈훈한 실랑이가 오가기도 했다.
(결국, 월세를 다 내고 싶은 쪽이 밥까지 사고 고집을 밀어붙였다)

가족이 있어 미니멀 라이프
실현이 불가능하다면
혼자 미니멀 라이프를
실천하면 된다.
그리고 자기 방문을
모델 하우스처럼 열어 놓아 보자.

10분 안에 가진 물건을 세고
20분 안에 여행을 떠나며
30분 안에 이사를 하는 미니멀리스트

물건이 많던 시절의 나와 미니멀리스트인 나는 전혀 다른 삶을 살고 있다. 언제든 살 수 있는 것을 쌓으려고 넓은 집에 살 필요도 없고, 안 쓰는 물건을 보관하려고 넓은 집에 살 필요도 없다. '집'이라는 인생에서 가장 거액의 지출이 눈 아래로 굽어 보이자 삶을 대하는 태도가 여유로워졌다.

우리는 물건에 너무 많은 주도권을 양보했다. 물건은 본래 인간의 꿈을 가깝게 실행시키는 디딤돌이자 생활을 편리하게 돕는 도구였다. 그런데 지금은 어떠한가? 물건이 물건인 주제에 꿈을 망설이게 하는 족쇄가 되었다가 넓은 집으로 이사할 것을 압박하는 파렴치한이 되기도 한다. '나그네 주인 쫓는 격'이란 딱 이런 상황을 두고 하는 말이다.

세상의 많은 미니멀리스트가 입 모아 말한다.
"지금까지 가진 것의 90%는 불필요한 물건이에요."
반세기 이상 살아온 사람들은 이렇게 말한다.
"세월이 눈 깜짝할 사이에 흘렀어."
"나도 내 나이를 들으면 깜짝 놀라."
나도 마흔을 앞둔 정도지만 벌써 이 말에 공감한다.
90%의 불필요한 물건을 지닌 우리의 세월은 빠르다. 언젠가 불필요한 물건과 이별해야 할 날을 미리 마주하는 것은 건강 관리만큼이나 현명한 노후 대비라고도 말할 수 있다.

'우리 매립지는 아직 넉넉해요. 여기다 버리세요.'라고 말할 수 있는 나라는 지구상에 존재하지 않을 예정이다(제발 내 예상이 빗나가서 망신살이 뻗쳤으면 좋겠다). 이로 인해 발생할지 모르는 불법 투기와 소중한 재산 낭비, 무의미한 노동력을 없애려면, 지금이라도 자신만의 '필요 최소', '필요 최적'을 발견하는 여정을 떠나 보자. 미니멀 라이프로 다가가는 동안 분명 손해는 있을 것이다. 가장 큰 손해는 금전 손해를 말하며, 이

때 적잖은 자기혐오도 따라올 것이다. 하지만 이 정도 손해를 보고 얻는 보상은 훨씬 값지다.

미니멀 라이프를 통해 진정 필요한 물건을 가려냄으로써 곁에 두어야 할 가치 있는 물건을 재발견한다면, 다시 물건을 들일 때 신중해지는 의식이 생긴다면, 나아가 환경 보호 실천이 직간접적으로 이루어진다면. 독자 중에 미니멀리스트가 한 명도 생기지 않더라도, 그 의식을 어렴풋이 떠올리는 것만으로도, 이 책이 세상에 나오는 임무는 달성이다.

더 이상 물건에 대한 순애보가 없는 나는 무엇이든 실현 가능한 자유로움을 느낀다. 상상하는 즉시 설렘으로 이어진다. 왜냐하면 그 상상은 지금 가진 물건으로도 실현 가능하니까! 여러분과 나, 그리고 우리 모두 쾌적한 환경에서 깨끗한 공기를 마시며 살아가자.

그리고 지나치게 건강하자.
"미니멀하기."

미니멀유목민 미니멀리스트 여행 작가, 박 작가

미니멀리스트가 되었더니
상상의 폭이 영장류의 뇌를 하나 더 끼운 것처럼 늘어났다.
시야는 파충류처럼 넓어졌다.
본능적인 감각이 더 강화된 덕분에
무슨 일을 해도 효율이 높아진다.
덕분에 거주지가 불확실한 유목민으로 살아도
사회와 단절되지 않는다.

여행 가방 하나에 담은 미니멀 라이프

나는 미니멀 유목민입니다

초판 1쇄 발행 · 2022년 10월 31일
초판 2쇄 발행 · 2022년 11월 28일

지은이 · 박건우

발행인 · 이종원
발행처 · (주)도서출판 길벗
출판사 등록일 · 1990년 12월 24일
주소 · 서울시 마포구 월드컵로 10길 56 (서교동)
대표전화 · 02) 332-0931 | **팩스** · 02) 322-0586
홈페이지 · www.gilbut.co.kr | **이메일** · gilbut@gilbut.co.kr

편집팀장 · 민보람 | **기획 및 책임 편집** · 백혜성(hsbaek@gilbut.co.kr)
제작 · 이준호, 손일순, 이진혁 | **영업마케팅** · 한준희 | **웹마케팅** · 김선영, 류효정, 이지현
영업관리 · 김명자 | **독자지원** · 윤정아, 최희창

디자인 · 김효정 Studio.90f | **교정교열** · 한진영 | **일러스트** · 이윤희
CTP 출력 · 인쇄 · 교보피앤비 | **제본** · 경문제책

• 잘못된 책은 구입한 서점에서 바꿔 드립니다.
• 이 책에 실린 모든 내용, 디자인, 이미지, 편집 구성의 저작권은 (주)도서출판 길벗과 지은이에게 있습니다.
  허락 없이 복제하거나 다른 매체에 옮겨 실을 수 없습니다.

ISBN 979-11-407-0185-8 (02810)
(길벗 도서번호 020200)

ⓒ 박건우

정가 15,000원

독자의 1초까지 아껴주는 길벗출판사

(주)도서출판 길벗   IT교육서, IT단행본, 경제경영서, 어학&실용서, 인문교양서, 자녀교육서
www.gilbut.co.kr
길벗스쿨   국어학습, 수학학습, 어린이교양, 주니어 어학학습, 학습단행본
www.gilbutschool.co.kr

페이스북 · www.facebook.com/gilbutzigy | **포스트** · post.naver.com/gilbutzigy